越是艰险
越要向前

李明珠 宋玉文 杨忠新 严 芯 编著

济南出版社

图书在版编目（CIP）数据

越是艰险，越要向前 / 李明珠等编著. —— 济南：济南出版社，2025.3

（追光：我们的榜样故事丛书 / 蔡静平，胡耀武主编）

ISBN 978-7-5488-6183-6

Ⅰ.①越… Ⅱ.①李… Ⅲ.①革命故事 – 作品集 – 中国 Ⅳ.① I247.81

中国国家版本馆 CIP 数据核字（2024）第 050884 号

越是艰险，越要向前
YUE SHI JIANXIAN, YUE YAO XIANGQIAN

李明珠　宋玉文　杨忠新　严　芯　编著

出 版 人　谢金岭
责任编辑　昝　阳
插画设计　李泽群
装帧设计　纪宪丰

出版发行　济南出版社
地　　址　山东省济南市二环南路 1 号（250002）
总 编 室　0531-86131715
印　　刷　济南鲁艺彩印有限公司
版　　次　2025 年 3 月第 1 版
印　　次　2025 年 3 月第 1 次印刷
开　　本　145mm×210mm　32 开
印　　张　6.125
字　　数　118 千字
书　　号　ISBN 978-7-5488-6183-6
定　　价　29.80 元

如有印装质量问题　请与出版社出版部联系调换
电话：0531-86131716

版权所有　盗版必究

写在前面的话

蔡静平　胡耀武

从古至今，教育不仅承担着传递知识的重任，更深刻地塑造着我们的品格，培育着我们坚韧不拔的奋斗精神，点燃我们内心深处的理想之光。而在教育的过程中，那些生动鲜活、感人至深的榜样故事给予我们力量，激励着我们勇往直前，追逐并实现自己的梦想。

现在，有一套充满智慧与力量的丛书正等待着你们。在这套书中，作者用生动细腻的笔触，记录了各时期、各行业中英模人物的先进事迹，传递了奋斗与拼搏的价值，彰显出奉献与牺牲的精神，展现了中华民族深厚的信仰、坚定的信念、不屈的血性和强大的力量。这不仅是写给青少年的一套书，更是一颗播撒在青少年心田的种子，期待着它生根发芽，绽放出绚烂的花朵。

我们常说，榜样的力量是无穷的。那些通过奋斗和牺牲实现自我超越的榜样人物，他们的精神如同璀璨的灯塔，永远照亮我们前行的道路。无论是在过去、现在还是未来，这些英雄人物与奋斗梦圆者的事迹，都是我

越是艰险，越要向前

们宝贵的精神财富。从辛亥革命到解放战争，从新中国成立到新时代的建设，我们的祖国经历了无数的风雨，但正因有这些不屈不挠的奋斗者和牺牲者，我们的祖国才能从苦难中崛起，在挑战中成长，最终迎来今日的繁荣与昌盛。他们每个人的故事都闪耀着人性的光芒，他们的行动或许平凡，但精神却何其伟大！

书中奋斗圆梦故事的主角，既有过去时代的伟大人物，也有当代的杰出代表。矢志求道的华罗庚，筑梦航天的钱学森，追逐"禾下乘凉梦"的袁隆平，梦圆飞天的杨利伟……他们的奋斗经历虽然跨越了不同的时空，却蕴藏着相同的信念：梦想的实现从来都不是一蹴而就的，而是需要脚踏实地的努力，经历无数次的失败后依然选择勇敢地站起来继续前行，才能获得成功。这些模范人物的事迹和精神，正是青少年成长道路上需要的精神食粮。

书中的战斗英雄故事，更是令人震撼。"你退后，让我来！""为了新中国，冲啊！""同志们，活在马上，死在马上，马刀见血，为人民立功。"在生死存亡的紧要关头，这些英雄展现出了超凡的勇气和坚定的信念。为了民族的繁荣发展、人民的幸福安康，他们甘愿默默奉献，甚至不惜以生命为代价。英雄之所以伟大，

写在前面的话

不仅在于他们取得了显赫战果,更在于他们在关键时刻挺身而出,坚定地捍卫自己的信念与信仰。这些崇高品质,是青少年应当永远铭记于心、努力学习的宝贵精神财富。

对于青少年来说,这些故事不仅能增强他们的国家意识、责任意识,更能点燃他们心中那为理想而奋斗的激情之火。特别是在当前这个充满竞争与挑战的时代,青少年常常会感到困惑与迷茫,甚至有时会觉得自己的努力仿佛看不到回报。此时,若能从这些英模人物的鲜活故事中汲取力量,便能更加坚定内心的信念,勇敢地直面生活中的重重挑战与艰难险阻。

希望这套丛书能够成为青少年通向梦想的桥梁,成为他们奋斗路上永不熄灭的火种。在未来的岁月里,这些故事的力量会内化为他们自己的力量,让他们在人生的每一个阶段都能勇敢地追求自己的理想,在实现个人梦想的同时,也为中华民族的伟大复兴贡献自己的力量。

让我们期待,未来的奋斗圆梦者与英雄人物,从今天的你们中诞生。你们的奋斗,将成为中华民族复兴路上不可或缺的动力源泉!

目录
MU LU

赵尚志：黑水白山满江红 / 1

周子昆：游击骁将 天妒英才 / 5

项英：高屋建瓴 铁人政委 / 9

任常伦：用钢枪打出个新世界 / 12

魏大光：坚定抗日 为国尽忠 / 16

辛文龙：坚贞气节 誓死不降 / 20

许佩坚：常胜铁军 英雄团长 / 24

袁金生：猛虎下山 特等英雄 / 28

郭国言：忠于民族解放事业的战士 / 32

左权：太行浩气 模范军人 / 36

于化虎：平原虎威 地雷英雄 / 40

张富清：深藏功名的战斗英雄 / 44

时来亮："毛头小兵"活捉"海归中将" / 49

齐进虎：无惧万军 穿插敌后 / 53

林文虎：孤身闯大洋 孤艇斗战舰 / 57

刘虎成：民兵女司令 / 61

越是艰险，越要向前

张国福：少年英雄　勇气赞歌　/ 65

钟银根：用生命践行的军旗卫士　/ 69

王道恩：孤勇先锋　俘敌能手　/ 73

刘四虎：以一战十的拼刺英雄　/ 77

魏来国：登上天安门的英雄神枪手　/ 81

刘奎基：九死一生的英雄　/ 85

吕顺保：爱兵如子　胜乃可全　/ 89

张英才：钢铁营营长　/ 93

董来扶：所向披靡的坦克英雄　/ 97

郭俊卿：屡建奇功的"现代花木兰"　/ 101

邰喜德："当代赵子龙"　/ 105

董存瑞：舍身炸碉堡　/ 109

邱少云：青春之躯　无惧烈焰　/ 113

黄继光：胸膛堵枪眼的孤胆英雄　/ 117

杨根思：战斗英雄　爆破之王　/ 121

杨连第：登高英雄　智勇双全　/ 125

唐章洪：给炮弹安上"眼睛"的炮手　/ 129

张桃芳：上甘岭上的神枪手　/ 133

目 录

杨育才：虎口拔牙　奇袭白虎团 / 137

张积慧：鸭绿江上的"长空雄鹰" / 141

胡修道：单兵之王　"生死判官" / 145

李延年：能文能武　英雄本色 / 149

王德明：用担架捍卫阵地 / 153

伍先华：用生命爆破 / 157

郭忠田：创造战争奇迹的英雄 / 161

刘光子：单兵俘敌高手 / 166

孙占元：宁愿碎骨　不当俘虏 / 170

杜富国："90后"排雷英雄 / 174

王伟：海空卫士　铁血忠魂 / 178

方红霄：红心向党　壮志凌霄 / 182

赵尚志：黑水白山满江红

毛泽东主席曾赞誉赵尚志等抗联将领是"有名的义勇军领袖"。在纪念中国人民抗日战争暨世界反法西斯战争胜利60周年大会上，胡锦涛总书记也称赞赵尚志等一批抗日将领是"中国人民不畏强暴、英勇抗争的杰出代表"。

赵尚志出生于1908年，他的父亲是清末秀才，赵尚志很早就跟随父亲在私塾读书。

1919年，赵尚志跟随母亲迁往哈尔滨，因家中贫困

越是艰险，越要向前

曾当过杂役、学徒、信差等。1925年，他加入中国共产党，后经组织批准前往广州黄埔军校学习。

1926年，赵尚志回到东北，积极开展学生运动和党务工作，其间因被叛徒出卖曾两次被捕入狱，但他严守党的秘密，坚贞不屈。九一八事变后，赵尚志经党组织营救出狱，被任命为中共满洲省委常委、军委书记，开始投身并领导东北抗日武装斗争，成为东北抗日联军的创建者和领导者。

1932年，在征得组织同意后，赵尚志化名李育才，前往巴彦县改造张甲洲的巴彦游击队。赵尚志凭借在黄埔军校习得的军事本领脱颖而出，依托巴彦县的复杂地形，指挥队伍一举攻占巴彦县城，全歼日伪军400余人。

巴彦游击队改编为中国工农红军第三十六军江北独立师，张甲洲任师长，赵尚志任政治部主任。此后江北独立师一发不可收拾，接连打了几场胜仗，一时间松花江北岸星火燎原，燃起熊熊革命烈火。独立师引起了日军的极大恐慌，敌人集结重兵疯狂"围剿"，独立师终因寡不敌众和补给不足而溃败。身负重伤的赵尚志，因此被错误开除党籍。

1933年4月，赵尚志再次隐姓埋名投奔孙朝阳带领的反日义勇军。他从马夫开始做起，在攻打宾县的战斗中出谋划策，崭露头角，成为队伍的参谋长。后来，孙朝阳受到日军的诱导和离间,与赵尚志反目,并动了杀机。赵尚志迫不得已带领几个弟兄逃奔他乡,孙朝阳则被日军诱骗至哈尔滨杀害。

赵尚志在珠河县(今尚志市)组织抗日武装,队伍迅速发展,扩编为东北反日游击队哈东支队。他带领这支队伍通过游击、突袭等方式,打得日军闻风丧胆。1935年1月,赵尚志受到的错误处分被平反。东北反日游击队哈东支队改编为东北人民革命军第三军,赵尚志任军长。半年多时间,队伍经历百余次战斗,歼灭1000多敌人,给予日军重创。日军对赵尚志恨之入骨,悬赏一万元要他的人头。

1940年,赵尚志再一次被错误开除党籍,撤销军事指挥职务,但他对党和革命事业无限忠诚,仍然坚持在抗日斗争的最前线,"我生是共产党的人,死也要死在东北抗日战场上"。1942年,赵尚志受叛徒刘德山错误情报诱导,孤军深入日军活动区,被刘德山在背后放黑枪。赵尚志在身受重伤的情况下,两枪击毙刘德山。赵尚志被俘后,英勇不屈,壮烈牺牲。

"黑水白山,被凶残日寇抢占,我男儿无辜备受摧残。血染山河尸遍野……待光伏东北凯旋日,慰轩辕。"这是赵尚志创作的《黑水白山·调寄满江红》中的歌词,也是他一生献身革命事业的真实写照。

越是艰险，越要向前

阅读启示

赵尚志一生坎坷，三次被捕，两次被错误开除党籍，但他抗日的心志从未改变。他是林海雪原上的"北国雄狮"，带领革命志士驰骋在松花江两岸，直到流尽最后一滴血！他的英勇牺牲完全是为了中华民族，完全是为了中国人民的幸福！

拓展延伸

赵尚志，1925年加入中国共产党，随后成为东北抗日联军创建人和领导人之一。1982年，赵尚志经组织复查，恢复党籍和名誉。2009年，赵尚志被列入"100位为新中国成立作出突出贡献的英雄模范"。

周子昆：游击骁将　天妒英才

周子昆，1901年出生在一个中学教员家庭，从小立志参军报国。他曾参加北伐战争中的汀泗桥、贺胜桥战役，屡立战功，升任连长、营长。1925年，周子昆光荣加入中国共产党，在党的指挥下参加了许多大的战役。他在战场上勇猛无敌，不仅能震慑敌人，还能振奋士气。同时，他还精通游击战法，经常采用扬长避短的策略，充分发挥红军的优势，有力地打击敌人。因此，他多次受到毛泽东的赞赏。

越是艰险，越要向前

李德指导红军作战时，推行"左"倾错误路线，使红军接连遭受损失，士气低迷。周子昆临危受命，顶住压力，坚定推行毛泽东的军事策略，对敌人采取游击战。在一次战斗中，周子昆迅速组织一支部队，攻打敌人的侧翼护卫队，打完迅速撤退，避开了敌人的正面部队。趁着敌人混乱，他又率领部队正面进攻敌人，使敌人左右不能兼顾而溃败，趁机缴获敌人大量武器装备。

长征初期，周子昆任二十二师师长，率领部队担任后卫任务。尽管二十二师完成了掩护任务，但由于一路苦战，部队还是伤亡惨重。当时李德记恨周子昆一再反对自己，以二十二师伤亡惨重为由，诬陷周子昆把队伍带垮了，要将其交到军事法庭处置。周子昆身负重伤，急火攻心的他一时间不知如何辩解。幸好毛泽东在场，要求把周子昆交给他处理，周子昆才免遭陷害。周子昆在毛泽东的鼓励下精神振奋，很快便回到了战场。

周子昆性格刚柔并济，作战有勇有谋，是个难得的将才，因此被党组织安排参加新四军的组建工作。新四军正式成立后，他以自己丰富的军事理论和实践经验教学，为党培养了大批军政干部。

1941年1月，恼羞成怒的国民党对新四军发起第三次总攻，双方连续激战七个昼夜，新四军损失惨重。为了摆脱困境，保存力量，叶挺同国民党军第三十二集团军总司令上官云相谈判，然而对方毫无信用，趁机将其扣押。叶挺被扣押后，上官云相命令所属部队全面"清剿"新四军余部。

新四军战士被迫分成小队，隐蔽在各山村和丛林中，伺机突围。周子昆一行和项英、刘厚总等人相遇，他们聚在一起商量如何转移。周子昆和项英过河时，不小心掉到水里弄湿了衣服。烤衣服的时候，他们把随身带的经费拿出来晾晒，被刘厚总等人看到。

多日的奔波之后，他们与组织重新取得联系，组织已经准备派人接他们返回大部队。

凌晨，寂静的夜空，突然被几声沉闷的枪声划破。等到山洞下的守卫冲进洞里，才发现是刘厚总见财起了杀心，枪杀周子昆、项英等人，并抢走了他们随身所携带的经费。

已经叛变的刘厚总随时可能带着敌人回来，形势严峻，大家需要马上转移。无奈之下，大家只能把周子昆、项英的遗体掩埋在洞外一个石坝里，用石头盖住作为标记。远在延安的毛泽东听闻周子昆和项英遇难的噩耗，扼腕长叹，久久不能说话。

阅读启示

周子昆是著名的游击专家，中国工农红军和新四

7

> 越是艰险，越要向前

军高级指挥员。"宰相起于州部，猛将发于卒伍"，周子昆文武兼备，成长于军中，练就过硬的本领，有胆有识，值得我们学习并铭记。

拓展延伸

周子昆牺牲时年仅40岁。在当地群众的帮助下，组织找到周子昆、项英烈士的遗骨并带回南京，葬在雨花台。周子昆戎马一生，与敌人百战得胜，却牺牲于叛徒之手，怎不令人扼腕叹息。

项英：高屋建瓴　铁人政委

项英，1898年出生在湖北省一个贫困的家庭，全家靠父亲微薄的薪水维持生计，日子过得很是艰难，所以他早早就辍学打工。

较早的谋生，让项英见识了生活的艰难，培养了他坚毅的品质，也使他深刻认识了旧社会的黑暗，因此他萌生了改变旧社会、创造新世界的想法。项英接触到马列主义后，深受启发，开始不断向党组织靠拢，很快就得到党组织的接纳，成长为一名优秀的共产党员。

越是艰险，越要向前

项英奉党组织的命令来到中央革命根据地后，被任命为中共苏区中央局代理书记兼中央革命军事委员会主席，与毛泽东、朱德等领导人一起建立了红军总政治部。项英积极协助毛泽东，发展根据地经济建设，打破敌人经济封锁，发动贫苦农民开展土地革命，健全地方工农民主政权，在制裁反革命、反贪污、反浪费等方面做了大量卓有成效的工作。

1934年，项英临危受命，担任中共苏区中央分局书记、中央军区司令员兼政治委员，率部策应红军主力突围转移。他领导游击队运用游击战术，在群山峻岭中与敌人周旋，历经无数艰难险阻，展开殊死斗争。

随着抗日斗争的展开，项英和叶挺、陈毅一起，整合了在密林里坚持游击战争的红军，成立了新四军，项英担任副军长。新四军在项英的带领下，在长江南北神出鬼没，一次又一次重挫了日军的锐气，打出了中国军人的神威，同时还创建了一个又一个抗日根据地。项英率领的新四军部队越战越勇，在取得了蒋家河口、韦岗战斗的胜利之后，又在新四军最得意的繁昌保卫战中打出了骄人的战绩。

1941年，国民党反动派发动了皖南事变，以8万兵力将新四军9000余人包围在安徽泾县的茂林地区。经过多日的浴血奋战，新四军寡不敌众，弹尽粮绝，大部分战士牺牲在敌人的枪口之下。项英带人突围，隐蔽在山

项英：高屋建瓴　铁人政委

洞中，其随身携带的新四军军费，被贪财的副官刘厚总盯上，刘厚总趁项英睡觉时将其残忍杀害。

阅读启示

项英是杰出的无产阶级革命家，工人运动的著名活动家，在困难的革命岁月里坚定地跟随党的脚步，成长为党和红军早期的领导人之一。项英用革命乐观主义精神，与苦难共同成长。我们也要学习这种视困难为考验，把挑战当机遇的乐观精神，努力拼搏、积极进取。

拓展延伸

叛徒刘厚总枪杀项英、周子昆，抢夺经费后投靠了国民党反动派。国民党败退后，刘厚总被抓捕。1952年8月初，刘厚总在江西南昌被处决。1998年5月，项英塑像揭幕，该塑像位于武汉市江夏区青龙山国家森林公园，塑像基座上镌刻着"项英同志浩气长存"。

| 越是艰险，越要向前

任常伦：用钢枪打出个新世界

在山东栖霞市东部英灵山，有一座熠熠生辉的八路军战士铜像，持枪伫立，目光坚毅锐利地注视着远方；在中国人民革命军事博物馆中，静静躺卧着一把"三八"大盖枪，枪身粗糙的纹理，向后人展示着往日岁月的印记。它们都为纪念同一个人，那就是著名的"用钢枪打出新世界"的八路军战士——任常伦。

1921年，任常伦出生在山东省黄县（今龙口市）一个贫苦农民家庭，父母早亡，靠叔父抚养长大。

1940年，任常伦参加八路军，被编进八路军第十四团二营五连，他每天都盼望着有机会打鬼子、抓"舌头"。12月，部队组织攻打日军据点郭家店，为了他的安全考虑，班长叮嘱他要紧紧跟着自己。战斗结束后，班长却发现任常伦不见了，急得到处寻找。这时，任常伦神采奕奕地端着一支长枪，押着一名垂头丧气的日军回来了。

那支枪后来成了任常伦的专属步枪。有了自己的武器后，任常伦刻苦训练，很快就成了神枪手。

有一次，攻打敌人外围据点时，任常伦和两名新兵负责殿后，敌人一直尾随在他们身后，情况十分危急。任常伦机警地让两名新兵先走，他独自在大道西侧的丘陵地带隐蔽伏击，凭借精湛的枪法，一枪将走在前边的一个敌人击毙。这一枪，成功地把敌人全部吸引过来，两名新兵得以安全撤离，他也凭借有利地形安全撤回。

1941年冬季，任常伦随连队攻打敌人小栾家村据点时，敌情突变，连队奉命撤出战斗，但三班班长史德明下落不明。连队决定派出骨干寻找三班班长，任常伦虽然在前面战斗中负伤，但仍主动请缨，坚决请战。

在前往营救的途中，一排排长和二班班长都受了伤。任常伦就让他们帮忙掩护，只身一人去搜寻战友。战场硝烟弥漫，敌情错综复杂。任常伦多次机警地突破了敌人的封锁线，历尽千辛万苦，终于在一堆新土前

越是艰险，越要向前

找到了史德明。任常伦取下毛巾给重伤的史德明包扎伤口，又解下绑带，一头系在史德明身上，自己紧抓另一头，拖着史德明走。经过敌人的一个封锁点时，敌人向他们密集射击，任常伦用身体挡在史德明前面，史德明毫发无伤，任常伦却受了伤。在连队派来的战友们的掩护下，任常伦搀扶着史德明一步一个血印地返回了营地。

1944年，任常伦光荣出席胶东军区和山东军区战斗英雄代表大会。当时正值敌人对牙山根据地进行"扫荡"，会议刚刚结束，任常伦就日夜兼程赶回部队，加入战斗。

北山沟的公路上，日军悄声开进，被任常伦发现，战斗就此打响。敌人疯狂进攻，任常伦作为副排长，带领三排战士成功抢在日军前面占领了制高点。激战正酣，制高点前面左侧小高地发生险情，小高地背后就是团指挥所，一旦敌人得逞，后果将不堪设想。任常伦迅速带领一个班的战士，冒着敌人的炮火，控制了小高地。

敌人疯狂地进行反扑，一次、两次、三次……任常伦带着战士们顶住了敌人一轮又一轮的反扑，战士们的手榴弹用完了，子弹也打光了。任常伦鼓励大家："没有子弹有刺刀，人在阵地在！"他带头冲向日军，与敌人展开激烈的白刃战，连续刺死5个日军，带领战士们

任常伦：用钢枪打出个新世界

守住了阵地。正当大家准备一鼓作气彻底消灭敌人时，一枚炮弹落在任常伦身边，突如其来的爆炸让他倒在血泊中……

虽然这场战斗最终取得了胜利，但得知任常伦牺牲的消息后，时任胶东军区司令员的许世友沉默许久，那一天他滴水未进、粒米未沾！

阅读启示

任常伦作战勇敢，屡立战功，被授予"一等战斗英雄"光荣称号。为了贫困人民的解放，任常伦敢于抗争，用钢枪打出了一个新世界，这种敢于斗争的精神值得我们永远学习。

拓展延伸

任常伦牺牲时年仅23岁，为了纪念他，1945年2月，任常伦的家乡孙胡庄改名为"常伦庄"，任常伦所在的连被命名为"常伦连"，任常伦的牺牲日被定为建连纪念日，歌曲《战斗英雄任常伦》传唱至今。2009年，任常伦被列入"100位为新中国成立作出突出贡献的英雄模范人物"。2014年，任常伦被列入民政部公布的第一批300名著名抗日英烈和英雄群体名录。

魏大光：坚定抗日 为国尽忠

1937年，侵华日军企图瓦解冀中一支抗日武装，不料遇上一位坚定抗日的旅长，日军的阴谋被粉碎。这事一时间传遍华北，群众都对这位旅长赞不绝口，这位传奇旅长就是八路军第一二〇师独立二旅旅长魏大光。

魏大光，1911年9月出生在河北霸县（今霸州市），因家境贫寒，年少辍学，为人行侠仗义，好打抱不平，被人诬陷逃至天津码头当搬运工人。在天津期间，魏大光接受先进革命思想，积极参加抗日活动，因

魏大光：坚定抗日　为国尽忠

破坏日商在天津开设工厂的配电装置而被捕入狱。在狱中他结识了不少革命者，开始明白只有团结起来共同抗日，才能取得胜利。

1937年抗战全面爆发后，魏大光回到家乡，动员群众抗日，组建起一支抗日队伍。随后，魏大光不断联合其他抗日武装，成立华北人民抗日联军第二十七支队，队伍不断发展壮大，很快扩大到6000多人，还配备了迫击炮、轻重机枪等武器，成为一支颇具战斗力的部队。

魏大光带着这支抗日武装，在冀中大地上，与日军展开了殊死战斗，取得了一系列的胜利。1938年的一天傍晚，魏大光率领一支200人的队伍转移到吴家场村，由于汉奸告密，队伍面临被日军包围的险境。魏大光一边派人挖地道突围，请求援兵，一边沉着指挥战斗。几次打退日军强攻后，魏大光发现了日军炮兵阵地，当即命令机枪手精准射击，引起日军炮弹自炸，令日军炮兵阵地炮毁人亡。后来，魏大光又发现日军一个炮兵阵地，当即命令炮手将其摧毁。趁着天色变暗，魏大光命人在煤油桶内点燃鞭炮，造成敌营混乱，他则带领战士们伪装成援兵赶到，发起反攻，一举击溃敌人。

此后，魏大光率部攻打得胜口、葛渔城两地汉奸"保警队"，歼敌百余人，缴获机枪一挺、长短枪数十支。魏大光领导的这支抗日武装，不仅使日军不敢轻易向津西进犯，而且使天津的日军也受到威胁。他常派人

越是艰险，越要向前

进津贴标语、撒传单、杀鬼子、除汉奸，并在墙上贴告示：魏大光所为。

为了"围剿"这支抗日武装，敌人可谓煞费苦心。日军200余人、伪军300多人走水路，趁着拂晓悄悄向魏大光驻地进发。敌人不知道的是，他们的动静早被魏大光派出的哨兵侦察到。魏大光根据敌人的进攻态势，认真勘察地形后，巧妙设置陷阱。当时，大堤两侧遍地是水，只有一条旱路，魏大光挑选优秀射手，集中埋伏在中亭堤东西一线。当敌人进入有效射程内，他一声令下，机枪、步枪响成一片，一举歼灭敌人110余人，剩下的敌人抱头鼠窜，不敢再来进犯。

随着抗日斗争形势的发展，魏大光逐步意识到，只有坚持党组织的领导，才能让队伍发展壮大。在党组织的领导和帮助下，魏大光率部队到达青塔镇进行改编，改编为八路军第三纵队兼冀中军区独立第五支队。

1938年12月，因为东进抗日的需要，贺龙元帅带领一二〇师挺进冀中。贺龙元帅听了魏大光在冀中抗日的传奇故事，对他万分钦佩，两人一见如故成为挚友。后来，经过党中央批准，魏大光领导的冀中军区独立第五支队又改编为一二〇师独立二旅，魏大光任旅长。从此，这支部队正式编入八路军正规野战军行列，军队素质得到进一步提高，战斗力也有所增强，魏大光成为贺龙元帅麾下的得力干将。

魏大光：坚定抗日　为国尽忠

阅读启示

七七事变后，魏大光在家乡组织起抗日武装，拒绝日军的诱惑，在冀中平原神出鬼没打击日军。中国古话说："竹死不变节，花落有余香。"我们就是要学习魏大光不为糖衣炮弹所利诱，坚贞不屈的高贵品德。

拓展延伸

魏大光率领队伍在冀中平原英勇抗日，1939年，他在霸县（今霸州市）与日军的遭遇战中壮烈牺牲，年仅28岁。魏大光牺牲后，八路军为其召开追悼大会。叶剑英在《八路军军政杂志》上发表《悼八路军魏旅长大光光荣殉国》一文，称他"为国家尽了大忠，为民族尽了大孝"。2014年，魏大光被列入民政部公布的第一批300名著名抗日英烈和英雄群体名录。

| 越是艰险,越要向前

辛文龙:坚贞气节　誓死不降

在江苏省镇江市丹徒区上党镇一直流传着一个抗日传奇故事,这个故事不仅村民们口耳相传,还以舞台剧等形式进行演绎,故事的主人公就是辛文龙。

辛文龙,1901年出生在山清水秀的江苏,幼年丧母,家境贫寒,为了供他读书,父亲将家里仅有的几亩薄田卖了。辛文龙年少便知家庭的不易,刻苦上进,怀有为民报国之志,成为当地小有名气的"小才子"。为了减轻家里的负担,他成年后辍学教书,养家糊口。

辛文龙：坚贞气节　誓死不降

天下形势纷争多变，辛文龙抱着为民救国的情怀，以去南京读书为名，瞒着父亲参加了北伐军。在北伐战争中，他作战勇猛，屡屡冲锋在前，跟随部队一直打到河南，并立下军功。后来，因为胸部负伤和患有关节炎，他不得不解甲归田。回到故乡后，他隐藏自己的经历，以经营香烛生意为生。

抗日战争爆发后，辛文龙的家乡盗贼蜂起，打家劫舍，祸害乡里。辛文龙不忍乡亲受苦，便站了出来，组织起自卫队，自己任教官，对村民加强训练，带领大家打击土匪，抗击日军。

1938年，陈毅率新四军一支队到茅山创建抗日根据地，新四军派人到辛文龙的家乡开展建党工作。辛文龙热情欢迎新四军的到来，并经人介绍成为当地第一名共产党员，将自己率领的抗日队伍编入新四军序列，并协助党组织在家乡成立当地第一个党组织——高陵村党支部，由他担任支部书记。

在党组织的指导下，辛文龙积极发动群众，宣传抗日救亡思想，为新四军介绍当地的政治、经济、人文情况，协助新四军在茅山和宝北一带站稳脚跟，打开局面。

后来，辛文龙参加新四军一支队战地服务团工作，并任镇江、句容、丹阳、金坛四县抗敌总会委员，组织领导抗日斗争，高陵村成了当地抗日斗争的堡垒村、联

越是艰险，越要向前

络点。许多抗日志士经常在高陵村一带活动，商量打日寇、锄汉奸、抵制日货，组织"青年抗敌会""妇女抗敌会"，还常常借助夜色掩护，破坏日军的交通线、电话线，使上会地区的抗日斗争不断掀起高潮。

1939年6月，国民党镇江县县长庄梅芳以"扰乱地方"的名义派兵将辛文龙抓走。新四军一支队司令员陈毅闻讯，当即命警卫员骑上他的白马赶去交涉，庄梅芳碍于抗日舆论只好释放辛文龙。

获释以后，辛文龙以更高的热情投入革命工作，与新四军联手，多次歼灭当地的日军，使得日军一想起他就咬牙切齿。遭受重大损失的日军发出告示，悬赏辛文龙人头，并出动大批人员"围剿"辛文龙。1940年6月，辛文龙不幸被捕。

被捕后的辛文龙遭到敌人的严刑拷打，但他坚贞不屈，只字未吐。恼羞成怒的敌人得知辛文龙自幼吃斋，便故意将鱼罐头给他吃。辛文龙坚决不吃，凶恶的敌人就硬往他嘴里塞鱼肉，辛文龙怒目圆睁，决不屈服。日军队长还把香烟往辛文龙嘴里、鼻孔中塞，以此来侮辱他，不堪受辱的辛文龙猛地一口咬断了日军队长的一根手指。

敌人软硬兼施，可还是无法让辛文龙屈服，无奈之下，只好将辛文龙带到上会附近的九里山，用两根毛竹扎成十字架，把他绑在架子上，用棉花塞住他的嘴，用

辛文龙：坚贞气节　誓死不降

布袋罩住他的头，然后让一个班的日军士兵以他为靶子轮流用刺刀刺杀。辛文龙的胸腹被刺17刀，被刺穿的身体惨不忍睹。敌人看到辛文龙昏死过去，便用水将他激醒，并为他松绑。这时，辛文龙高呼："共产党万岁！新四军万岁！"日军恼羞成怒，慌忙开枪，辛文龙壮烈牺牲，年仅39岁。

阅读启示

辛文龙组织抗日武装，坚持抗日斗争，不畏强敌，誓死不降，沉重地打击了侵华日军的嚣张气焰，展示了中国人民和中华民族的坚贞气节与不屈意志。面对侵略，就要有辛文龙这样的血性与不屈，有与敌人血战到底的勇气。

拓展延伸

辛文龙组织抗日武装抵抗日军侵略，并接受新四军的领导，为新四军在宝北地带打开局面作出重要贡献。辛文龙壮烈牺牲的消息，激起了广大抗日军民的强烈愤慨。1958年，辛文龙的家乡高陵村修筑大型水库，为了纪念辛文龙的英雄事迹，将水库命名为文龙水库。

|越是艰险,越要向前

许佩坚:常胜铁军　英雄团长

　　1908年,许佩坚出生在河北省。他从小就立志要做一个行侠仗义、惩恶扬善的英雄好汉。1930年,他结识了中共保属特委负责人张化鲁等人,从此参加了党的地下工作,并于第二年由黄敬介绍,秘密加入中国共产党。九一八事变后,他按照党的指示,回到家乡宣传抗日救亡思想,发展党的组织。1937年,他利用各种关系,组织了饶阳义勇军,后来该部队改编为河北游击军第一路军,他担任总指挥。

许佩坚：常胜铁军　英雄团长

　　1938年1月，日军占领河间县（今河间市），许佩坚率领河北游击军第一路军前往河间，决定狠狠打击日军的嚣张气焰。部队到达河间的当天傍晚，许佩坚就带着各团指挥员去观察地形。县城城门紧闭，月光下，城墙上闪着日军刺刀的寒光。看着县城高大的城墙，大家都面露难色，一时之间不知该如何攻城。许佩坚没有泄气，他受家乡过年放的"起火"（一种点燃后能飞出很远的大爆竹）启发，连夜组织老百姓赶制大"起火"，并进行模拟试验，效果果然很好。

　　攻城前夕，吕正操的部队支援了两门大炮，这让许佩坚的部队如虎添翼。战斗开始后，随着两声炮响，上万支"起火"嗖嗖地飞上城墙，各种土枪土炮齐轰城门，烟雾弥漫、铁砂横飞，许佩坚的部队一下子就压住了敌人的火力。趁敌人慌乱之际，部队破城而上，打得日军狼狈南逃。这次战斗，部队缴获了大批枪支弹药和军用物资，用"土炮"换来了敌人的真炮，大大鼓舞了冀中抗日军民的士气。后来，河北游击军第一路军改编为晋察冀军区独立第四团，许佩坚任团长。

　　一次，许佩坚得到情报，说有一辆日军的装甲车，满载武器弹药，正从徐水车站沿平汉铁路往南开。这天深夜，他率部队埋伏在铁道两旁。不多时，远处就传来隆隆的声音，接着两道灯光射过来，日军装甲车正向这里驶来。许佩坚低声命令："注意隐蔽，做好战斗

越是艰险，越要向前

准备！"

待日军装甲车驶进伏击圈，突然，不知什么缘故，铁道前方亮起了停车信号。日军只好停车，而且正好停在伏击圈内。这真是大好机会，许佩坚大声命令："上！"他端起上了刺刀的步枪，带头冲向日军的装甲车。一个日军军官跳下车来，刚想问问是怎么回事，许佩坚的刺刀就捅进他的心窝。接着，后面的几十名战士冲上来，将装甲车团团围住，不一会儿便将押车的敌人全部消灭。然后大家人背驴驮，把一车武器弹药抢运干净。

不久，晋察冀军区抽调独立第四团进入北岳区，担负保卫边区的任务。许佩坚积极寻找战机，带领独立第四团接连进行了十八盘、娘子神等30余次战斗，毙伤日伪军几百人。冀中的广大群众称赞独立第四团是"铁军独四团"。

1939年，上级安排独立第四团换防，许佩坚组织部队准备转移，消息却不慎泄露，日军出动大批人员，借着夜色掩护，将独立第四团层层包围。面对敌众我寡的形势，独立第四团需要紧急转移，许佩坚便让政委、参谋长带着部队先转移，自己率警卫连承担后卫任务。他带领警卫连占领一个制高点，以猛烈的火力打击敌人，从而吸引敌人的注意力。经过几个小时的激战，警卫连在打退敌人数次冲锋的同时，也付出了很大的伤亡。

许佩坚：常胜铁军　英雄团长

此时，身负重伤的许佩坚，却拒绝了要带上他转移的战士，他把所有的手榴弹集中到一起，怒视着逼近的敌人。日军像蝗虫一样冲到他的面前，许佩坚大吼一声，同百倍于己的敌人展开了一场厮杀，直至壮烈牺牲……

阅读启示

许佩坚与敌人作战，屡次获胜，成为华北抗日的一面旗帜。在最困难的阶段，许佩坚用革命乐观主义精神，鼓舞官兵的抗日斗志。遇到挫折和困难时，我们要学会用革命乐观主义精神积极对待，坚信一切苦难终将会过去。

拓展延伸

许佩坚牺牲时年仅31岁。2015年，许佩坚被列入民政部公布的第二批600名著名抗日英烈和英雄群体名录。

|越是艰险，越要向前

袁金生：猛虎下山　特等英雄

在江苏省高邮市熙和巷70号，有一座胜利广场，它是专门为了纪念高邮战役而建。这场战役是抗日战争最后一役，这场战役的胜利，给了拒降的日寇一个"最有力的教训"。在高邮攻坚战役中，涌现了众多战斗英雄，其中三连一班对整个攻坚战役起了关键作用，"特等战斗英雄"袁金生正是一班班长。

袁金生，1923年3月18日出生在江苏省一个普通农民家庭。由于他出生在"龙抬头"的日子，父母便给他取名"金生"。贫苦的生活锻炼了袁金生为新生活努力的决心,他在新四军东进时,毅然报名参军。入伍后,他作战勇敢,胆大心细,屡立战功。

一次,部队决心攻占日伪军钓鱼庙据点,三连一班担任突击任务。袁金生和战友们在月光下抵近围墙外面的壕沟,他们用事先准备好的木梯子悄悄通过外壕。班长丁学礼翻过围墙后,不幸被敌人发现,袁金生立即从右侧迂回过去,端起"三八"大盖枪,将敌军哨兵击毙,趁势向据点里冲去。袁金生和战友们打进据点以后,听到一座小庙里人声嘈杂,他便飞跃过去,投出几颗手榴弹,炸得敌人鬼哭狼嚎。突然,敌人房顶上有一挺机枪开火了,强大的火力压制了三连的冲击道路。

袁金生在战友们的掩护下,利用地形地物迅速跃进,朝房上接连投去两颗手榴弹,炸掉了敌军火力点。随后战士们迅速冲进庙里,消灭了10多个伪军,缴获枪支15支、小炮一门。袁金生在这次强攻钓鱼庙的战斗中功绩突出,被提升为一班班长。

为了巩固苏皖地区,壮大抗日力量,上级决定发起车桥战役。袁金生所在的团配合师炮大队强攻淮安市东南交通经济中心车桥镇,三连担任主攻任务,一班被编入连队的突击队。

月色当空,袁金生和战友们乘着小船,借着芦苇的掩护,悄悄从敌人的据点中间穿插过去,直奔车桥的东

越是艰险，越要向前

北角。袁金生带领全班冒着敌人的火力往前冲，很快就接近了外壕。由于壕沟较宽，梯子上下颤动，影响战友们通过的速度，袁金生便跳进壕沟，用肩膀顶住梯子，让战友们迅速通过。面对敌人地堡火力点，袁金生掏出手榴弹，迅速接近一座地堡，将手榴弹顺着射击孔塞了进去，消灭了地堡里的敌人。接着他又向第二座地堡跃进，用同样的方法解决了里面的敌人，另一座地堡也被其他战士炸毁。车桥战役胜利结束后，袁金生在曹甸村加入中国共产党。

转眼到了1945年8月，虽然日本天皇已宣布投降，但是占据高邮县（今高邮市）的日伪军拒绝向新四军投降缴械。面对这种情况，新四军决定，集中力量打下高邮城，坚决消灭拒降的敌人，绝不让人民群众抗战的胜利果实被反动派窃取。

敌人盘踞高邮城多年，他们在九米高、七米厚的城墙上构筑了机枪掩体、两到三层的大碉堡等许多坚固的工事，并在城墙上设了哨所。袁金生把全班编为三个突击组和一个火力组，冒着敌人猛烈的炮火，迅速登上城头，用手榴弹打退敌人。虽然城墙被突破，但袁金生他们占领的地段只有30多米，敌人拼命朝一班反扑，西侧城角碉堡也冲出十几个敌人。袁金生带着战士冲上去，同敌人展开白刃战，他们以寡敌众，毫不畏惧，刺刀拼断了，就用枪托砸、用铁锹砍，同敌人厮打在一起。

袁金生：猛虎下山　特等英雄

袁金生带领全班率先把敌人的城防线撕开一个缺口，又像钉子一样，牢牢地钉在那里，对整个攻坚战起了关键作用。战后，他受到华中野战军褒奖。

阅读启示

袁金生出生在农民家庭，参军后作战勇敢，屡受嘉奖。他在抗日战争最后一战——高邮战役中，带领一班作战勇猛，荣立特等功，被华中野战军授予"特等战斗英雄"称号。他如猛虎下山般的战斗雄姿永远铭刻在我们心中！

拓展延伸

高邮战役之后，袁金生又参加了许多战役，屡立战功。1946年7月，在娘娘庙战斗中，他腰部受伤，伤病还未痊愈，他又赶回连队继续战斗。12月，袁金生所在的团执行穿插任务时与敌前卫营遭遇，袁金生带领全排追击溃逃的敌人，被埋伏的敌人袭击，胸部中弹，壮烈牺牲。

| 越是艰险，越要向前

郭国言：忠于民族解放事业的战士

郭国言被八路军一二九师师长刘伯承、政委邓小平称赞为"模范的布尔什维克，最忠于中华民族解放事业的战士"。虽然他牺牲时还很年轻，但他的事迹一直流传。

1913年，郭国言出生在湖北省一个贫苦的农民家庭，自幼跟随家人到地里干农活，对农民和工人有一种天然的亲近感。由于目睹旧社会的腐败和剥削，他从小就立志参军报国。

郭国言：忠于民族解放事业的战士

红军队伍路过黄陂县（今黄陂区）时，不仅对老百姓秋毫不犯，还通过打土豪分田地，让老百姓有了自家的土地。目睹这一切的郭国言心想："我就是要加入这样的队伍啊！"后来，他终于如愿以偿，参加了中国工农红军，被编入独立一师三团三营九连，成为一名红军战士，从此开始了革命生涯。

1931年，郭国言光荣地加入了中国共产党。他天资聪颖，好学善思，在战友们的引导和帮助下，对马克思主义和阶级斗争有了更深刻的理解。他为人谦和，喜欢与老战士们交流谈心，在队伍中获得了一致好评，军事理论水平、实战经验和思想认识提升非常快。

在国民党反动派"围剿"红色根据地的白色恐怖下，郭国言非但没有恐惧，反而每次战斗都冲在最前面，老战士们对他的勇敢都很赞赏："别看国言这小子年纪小，打起仗来一点儿也不含糊！"郭国言有勇有谋，喜欢在打仗过程中研究对手、地形和战术，尤其是参加二万五千里长征过程中，面对国民党的围追堵截，他历经数次血战，死里逃生，逐渐成为一名优秀的红军指挥员。

抗日战争爆发后，郭国言追随一二九师奔赴抗日前线，每战都亲临前线，让战士们知道指挥官与他们同在。他经常与战士们同吃同住，与他们感情很好。夜里查岗的时候，他能根据说话的声音，叫出所有战士的名

越是艰险，越要向前

字，这在队伍中传为佳话。郭国言指挥过大大小小百余次战斗，毙敌上万人，由于始终战斗在一线，他的身体先后七次被弹片击中，即使右腿已残，他仍然坚持到最前线观察敌情。

1942年，日军出动大量兵力对太行、太岳地区进行"扫荡"，八路军及时获取情报转移队伍，敌人在蟠龙集结重兵后，向大有镇进攻。八路军一二九师计划分三路阻击敌人，郭国言指挥一队到大有镇埋伏，副司令员刘昌毅带队伍去打蟠龙，在敌人后方进攻。

郭国言的队伍还未到达计划伏击点，就遭遇了日军，两军交火，一时间硝烟弥漫，血肉横飞。郭国言明白，面对人员数量和武器装备都胜于己方的日军，硬拼必然会惨败。于是，他指挥队伍占领大有镇南侧高地，依托地形打击敌人。他穿行在各个阵地间，指挥战士们奋勇杀敌。在敌强我弱的情况下，敌人发起的几次凶狠进攻，都被战士们抵挡住了，几经反复，敌人始终不能前进一步。

战斗至黄昏的时候，凶残的敌人已经恼羞成怒，用大炮对准八路军阵地，一顿狂轰滥炸，鲜血染红了阵地，战士们的身体也被震得疼痛难忍。郭国言坚持在高地上指挥战斗，夕阳将他的背影拉得很长，因此暴露了位置，一枚炮弹呼啸而来，打中了他的身体……郭国言壮烈牺牲，以身殉国。

郭国言：忠于民族解放事业的战士

为缅怀郭国言的英雄事迹，太行第三军区、太行第三专署及武乡县抗日政府在横岭寺召开了公祭大会。

阅读启示

郭国言在大有镇阻击日军不幸牺牲时，年仅29岁。他把自己的鲜血和年轻的生命，献给了党和人民的伟大事业，他是为民族解放、为保卫边区而牺牲的。他的伟绩将与太行比高，人民将永远缅怀他！

拓展延伸

2014年，郭国言被列入民政部公布的第一批300名著名抗日英烈和英雄群体名录。

越是艰险，越要向前

左权：太行浩气　模范军人

中华人民共和国成立后，百废待兴，毛泽东主席更是国事繁忙、日夜操劳，但在视察黄河的归途中，他却改变行程，专程拜谒了一座烈士墓。

专列在邯郸停下，毛泽东主席来到烈士陵园，环绕纪念塔一周，最后在一座青石建造、翠柏掩映的墓前，脱帽致哀，默立良久。

这位让毛泽东主席深切缅怀的烈士，就是在抗日战争中牺牲的八路军将领，曾任八路军副参谋长的左权。

左权：太行浩气　模范军人

左权，1905年3月出生在湖南省的一个贫苦农民家庭。他幼年丧父，曾入私塾读书，但几经辍学。因受当时进步思想影响，他在18岁时告别家乡父老，和同学一起，奔赴当时的革命中心——广州。

1924年，左权进入黄埔军校一期学习。1925年，他经陈赓介绍加入中国共产党，并在征讨陈炯明的两次东征过程中，崭露军事才能。随后，他被党组织派往苏联，先后在莫斯科中山大学和伏龙芝军事学院深造。

经过在顶级军事学府的深造，左权练就了高超的军事指挥能力。回国后，左权在中央苏区工作，曾担任中国工农红军学校第一分校教育长、中革军委一局局长、红一军团参谋长等职务，参与指导宁都起义，参加历次反"围剿"斗争。

红军三大主力胜利会师后，红军决定对国民党的"围剿"予以回击，左权、聂荣臻指挥红一军团与红十五军团一部在山城堡包围胡宗南第七十八师，经过昼夜激战，消灭敌人两个团的兵力，使得国民党的"围剿"计划彻底破产。

1937年，抗战全面爆发后，左权辅佐朱德、彭德怀率领八路军东渡黄河，挺进华北建立敌后抗日根据地。左权更是通过多次经典战役，给予日军沉重打击。

日军在华北战场烧杀掳掠、无恶不作。面对侵华日军的嚣张气焰，东渡黄河抗日的八路军决定歼灭日军一

越是艰险，越要向前

部。左权指挥部队，利用长乐滩的地形优势，布下口袋阵，待日军全部进入口袋之后，将日军队伍斩成数段。面对日军的火力优势，八路军采取近战肉搏的方式，最终歼敌2000多人，缴获大批辎重。

1940年，左权协助彭德怀指挥八路军发动百团大战，对正太铁路等主要公路展开大规模的破袭，攻取敌人主要交通干线上的据点，沉重打击了华北方面敌军的"囚笼政策"，极大地振奋了全国的抗战信心。

左权及其指挥下的八路军，通过灵活多变的战略战术，给日军造成了巨大的损失，因此也遭到日军的疯狂报复。1941年，日军第三十六师团及独立混成旅团各一部7000余人向黄崖洞进攻，敌人来势汹汹，目标直指八路军总部。左权指挥保卫黄崖洞的八路军总部特务团，以守为攻、以静制动、以少胜多重创日军，毙伤敌军2000余人，成了八路军反"扫荡"战斗的典范。

左权牺牲在抗战最为艰苦的岁月。1942年5月，日军通过电台信号，侦测到八路军总部所在地，迅速集结3万余人，分五路向八路军总部进行报复性"大扫荡"。当时，八路军主力都在外围作战，面对来势汹汹的日军，八路军决定避其锋芒，让总部机关寻机穿隙转移外线作战。八路军总部分三路突围，左权指挥突围战斗。在掩护大部队突围后，左权带人冲至日军最后一道

左权：太行浩气　模范军人

封锁线，一枚炮弹突然落在左权身旁，他壮烈牺牲，年仅37岁。

阅读启示

左权是八路军高级将领，一生钻研军事，毛泽东主席曾称赞他："左权吃的洋面包都消化了，这个人硬是个'两杆子'都硬的将才啊！"我们要像左权一样勤奋钻研，努力增强本领，使自己任何时候都才不枯、智不竭。

拓展延伸

左权牺牲后，延安和太行山根据地为其举行追悼会，立碑纪念，并改山西辽县为左权县。1989年，中央军委确定左权为中国人民解放军33位军事家之一。2009年，左权被列入"100位为新中国成立作出突出贡献的英雄模范人物"。

|越是艰险,越要向前

于化虎:平原虎威 地雷英雄

《地雷战》是一部讲述抗日战争时期,抗日军民运用地雷战术,歼灭进犯的日军,取得反"扫荡"胜利的影片。它家喻户晓,就是根据于化虎和另一位爆炸大王赵守福的事迹创作的。

于化虎,1914年出生在山东省海阳县(今海阳市),曾任海阳县村民兵队长,海阳县子弟兵团"化虎营"营长兼行村区武装部副部长。

还是少年的于化虎看到日寇横行,便带着满腔义

于化虎：平原虎威　地雷英雄

愤与热血加入了抗日民兵组织。在作战过程中，他深感依靠民兵的武器无法与日军正面作战，便萌生了研制地雷的想法。当时没有任何人懂得制造地雷的方法，他从零开始，经过反复研制，最终带领民兵制造出踏雷、绊雷、连环雷、夹子雷等20多种地雷。

一年秋天，于化虎将一颗大地雷埋在墨石硼路边的一个石堆里。日军300余人路过此地，随着一声震耳欲聋的巨响，多个日军瞬间被炸得尸骨无存。这是于化虎首次出手，从此他一战成名，"活雷化虎"威名开始在胶东地区流传。

见识了地雷的巨大威力，于化虎决心好好利用地雷守护家园。一次日军100多人偷袭文山后村，于化虎率领爆破组在村边埋下70多颗石头拉雷和绊雷，炸死炸伤前来袭击的日军17人。几天后，他又带领民兵在村子周围埋下数百颗自制地雷，并诱敌进入雷区，炸死炸伤敌人70多个。

为了对付于化虎的土地雷，日军采取了各种办法，组织了地雷探索队。于化虎看到日军开始排雷，便苦思冥想应对之策，经过反复试验，创造出不易被排查的土地雷，炸得敌人胆战心惊，不敢轻举妄动。

有一次日军进村时，探索队在疑似有地雷的地方用石灰粉画圈做标记，在疑似有雷群的地方写上"雷田"二字，地上左一个圈，右一个圈，有时圈连着圈。当得

越是艰险，越要向前

知日军以此避开地雷时，于化虎心生一计，在日军画的圈外，再画上圈，并在圈与圈之间埋上地雷。结果，日军在返回的路上，被地雷炸得死伤惨重。

黔驴技穷的日军从青岛调来了工兵和探雷器，于化虎针对日军的工兵专门制定了计策，带领民兵制成夹子雷、头发丝雷、梅花雷等防排雷。日军小心翼翼排雷，却探出一个屎尿罐子，十分恼火，便上前猛踹一脚，结果触发了于化虎设下的连环雷，被炸得血肉横飞。日军不断变换排雷手法，于化虎随机应变造雷埋雷，真真假假、虚虚实实，打得敌人焦头烂额。日军被地雷阵搞得气急败坏，到处悬赏捉拿于化虎。

抗日战争胜利那年，日军还在垂死挣扎，集结400多人，又一次对根据地进行"扫荡"。于化虎组织民兵，活捉了14个伪军士兵。他们换上伪军服装，大摇大摆地行走在敌人的队伍里，多次与迎面走来的敌人打着招呼，然后趁敌人走远，悄悄布下地雷阵。

随后他们换回服装，朝着远处的敌人间断性放枪，引诱敌人追击，让敌人一步步踏入他们布下的地雷阵。敌人进村踩中地雷后，乱作一团，被炸死炸伤47人。敌人慌忙退出村庄，躲到盆子山修工事、筑碉堡。于化虎带人在草木、乱石和工具中间设置绊发雷，又让敌人死伤惨重。慑于民兵地雷战的威力，据守海阳县城的日军被围困在据点里，不敢越"雷池"一步，只能在青岛日

于化虎：平原虎威　地雷英雄

军的接应下从海阳逃走。

在参加抗战的5年时间里，于化虎用地雷炸死炸伤日伪军171人，培养了11000多名爆炸手，多名神枪手、土炮手和民兵模范，他的制雷、布雷技术传遍胶东。

阅读启示

于化虎潜心钻研地雷，制造石雷、子母雷等地雷，创造绊雷、梅花雷等布雷方法，被授予"全国民兵战斗英雄"称号。干一行爱一行，我们要学习于化虎这种钻研精神，塑造优秀的自己。

拓展延伸

1945年，于化虎被授予"胶东民兵英雄""爆炸大王"等荣誉称号。1950年，于化虎出席全国战斗英雄代表会议，受到毛泽东、周恩来等领导人接见。2009年，于化虎被列入"100位为新中国成立作出突出贡献的英雄模范人物"。

| 越是艰险,越要向前

张富清:深藏功名的战斗英雄

他曾荣立一等功三次、二等功一次,被西北野战军记特等功,两次获得"战斗英雄"荣誉称号,可谓是战功赫赫。然而,他却深藏功名六十多年。他,就是张富清。

1924年,张富清出生在陕西省汉中市洋县,那时,中国正经历磨难。1948年,张富清参加中国人民解放军,从此跟随部队南征北战。

成为解放军后,张富清参加的第一场战斗就是壶梯山战役，他被任命为突击组组长。

当时，国民党军为了减少伤亡，修建了许多碉堡和壕沟。其中对解放军伤害最大的，就是那些碉堡。张富清的任务就是带兵将碉堡炸掉。

壶梯山的地形复杂多变，敌人修建的碉堡在一片光秃秃的空地上。碉堡观察范围极大，在没有任何藏身之处的情况下，解放军一旦暴露在敌人射程内就会被打成筛子。

这是张富清第一次参加这么大的战斗，他十分着急，不停地打量着这个碉堡。通过观察，他发现这个碉堡看似全范围覆盖，其实是一个东西倾斜的建筑，它的盲区就在东南角。为了验证心中所想，张富清伸出手指不停地比画着什么，越比画越开心。

"组长，找到办法了？"看到张富清这么开心，他旁边的小战士不禁开口询问。"找到办法了，这个碉堡的东南角就是它的视野盲区。现在距离发起总攻还有一个多小时，你们两个人掩护我，尽快将这个碉堡炸掉！"找到破解方法的张富清，抓紧指挥大家进行突击。

在张富清的授意下，两名突击组成员在不同方向交替开火，以吸引敌人火力，为东南方向的张富清争取时间。

虽然战友们都为张富清作掩护，但敌人还是发现

越是艰险，越要向前

了他，并朝着他所在的方向不停地开火。张富清趴在地上一动不动，好在这是个死角，火力无法到达这里。过了一会儿，或许是敌人以为张富清阵亡了，便停止了射击。借着这个机会，张富清迅速来到碉堡下，炸了这座碉堡。

这次战斗过后，张富清凭借着英勇的表现获得师一等功。不久之后，张富清又参加了另一场重要战役——永丰战役。

国民党军队占领永丰城后，企图以城内的七十六军阻挡解放军前进，同时他们在外已经集结大量军队向永丰城集合。经军委商议，解放军决定在这次战斗中采取直接将坑道挖向城墙根的方法，尽量减少己方伤亡。接到命令后，张富清积极申请成为突击队队员，炸毁城墙上的碉堡。凌晨三点，解放军成功挖通了坑道，并将云梯搭在了城墙上。

张富清第一个登上城墙，还没等其他队员上来，就被敌人发现了。他拼命向敌人射击，在打开一个缺口后硬着头皮冲到了碉堡附近。就是在这个过程中，一颗子弹沿着张富清的头皮擦了过去，顿时鲜血淋漓。此时的张富清无暇顾及伤势，抓紧时间在碉堡下挖了一个坑，并在坑中摆好八颗手榴弹和一个炸药包，然后直接拉开一颗手榴弹扔进坑中，将碉堡炸得粉碎。确认碉堡里的敌人都被消灭后，张富清又来到第二个碉堡，用同样的方法炸毁了那个碉堡。在这次战斗中，张富清一共炸毁两个碉堡，缴获两挺机枪。也是在这次战斗中，张富清头上的伤留下了后遗症，经常头痛。

每次战斗，张富清都会申请当突击队队员。在一次次火与血的淬炼中，他立功无数。

1955年，听说国家号召支援地方经济，张富清立刻脱下军装回到地方，把曾经的赫赫战功锁在箱子里。他选择来到贫穷的来凤县，这里无路无电，没有人愿意来。张富清的到来改变了这个县的经济情况，更提高了当地百姓的生活水平。没有路，张富清就组织修路；不通电，张富清就组织建水电站。为了让来凤县的经济有所增长，他奉献出全部力量，自己却一贫如洗。全家六口人靠张富清一个人养家，最穷的时候，家人的裤子都是用袋子缝制而成的。即便是这样，张富清也没有占过别人一分便宜，更没有向国家申请过帮助。

六十多年来，张富清刻意尘封功绩，就连儿女也不知情。大家只知道他是一个退役军人，却不清楚他的过往。直到2018年湖北省进行退役军人信息采集工作时，大家才发现了这位立下赫赫战功的老英雄。

阅读启示

"每当清明前后，我都会想起那些和我并肩战斗过的战友，心里很不平静：他们在关键时刻，挺身而

| 越是艰险,越要向前

出,为新中国成立献出了宝贵生命……"提起那些牺牲的老战友,张富清声音哽咽,"我的战功,和他们的贡献相比,差得很远;我现在人还在,生活等各方面都比他们享受得多,还有什么理由向组织提要求?"在战争年代奋勇杀敌,在和平年代建设国家,他不贪图荣华富贵,无私奉献,用自己纯粹的爱守护着国家。

拓展延伸

张富清是离休干部,在做眼部手术时,医药费可以全额报销。他本可以选好一些的晶体,但听说同病房的农民病友用的是最便宜的,便也选择了同样的晶体。他说:"我已经离休了,不能再为国家做什么,能节约一点是一点。"

时来亮："毛头小兵"活捉"海归中将"

曾经，有一名新兵，入伍不到一年，就在战场上活捉国民党中将旅长。

1946年，国民党公然违背和平协议，集结重兵向解放区发起进攻。8月中旬，国民党军整编第一师第一旅进攻晋冀鲁豫军区，这个旅配备清一色的美式装备，号称"天下第一旅"。旅长黄正诚曾留学日本陆军士官学校、德国陆军炮兵学校，为人十分骄横。

9月，晋冀鲁豫军区第四纵队抗击"天下第一旅"

越是艰险，越要向前

的战斗打响。激战一天后，敌人被第四纵队整体包围，战斗进入胶着状态。夜晚，四纵司令部截获敌人的一封电报，称"我第一旅已占据有利地形死守待援，'蒋先生'安然无恙"。司令员陈赓十分不解，这时蒋介石正在南京忙着向美国要外援，怎么会出现在晋南地区？但他还是提醒大家，一定要小心敌人，防止残敌逃跑。天亮以后，敌人大部分被歼灭，残敌全部龟缩在陈堰村。

突击班英勇冲锋，率先攻入村内，抓了几个俘虏后，让俘虏带路，直插敌人旅部。突击班沿着敌人指挥所的屋檐向前冲锋，一名新兵十分英勇果敢，向院内投了一颗手榴弹后，借着浓烟向院内猛冲。院子里有四个紧闭着门的窑洞和一些武器，但看不到一个人影。新兵喊道："我们是解放军，缴枪不杀，共产党优待俘虏！"窑洞内没有任何回应。随即新兵又投出两颗手榴弹，其中一颗正好在一个窑洞的窗户上爆炸。这时，从窗内跳出来三四个敌人喊着要投降，甚至有人抱着后面冲进来的班长的腿求饶。新兵大喊："投降不杀，起来站队！"很快，中间大窑洞的门也打开了，一下出来七八个敌人，其中一个高个子，戴着金丝眼镜，穿着马靴。班长问："你是干什么的？"高个子回答："当兵的。"班长又说:"老实点,只要你投降,我们会宽大处理你的。"

新兵小声告诉班长:"你看他的裤子跟其他人的不一样,一定是个大官。"说完就端起枪逼近高个子,询问道:"老实交代,是不是黄正诚?"高个子说自己不是黄正诚,而是黄正诚的书记官。在"书记官"的命令下,窑洞里的人开始一个个往外走。窑洞里的枪也都整齐地摆在地上,机枪、手枪、步枪一应俱全。后来经过俘虏供认,这个"书记官"就是中将旅长黄正诚。

就这样,这个入伍不到一年的新兵,凭借着英勇果敢,把不可一世的"海归中将"抓进了俘虏营,他的名字叫时来亮。这次战斗之后,时来亮又参加了许多战斗,荣立多次大功。

1947年,在汾河西岸中街的战斗中,由于时来亮所在的突击班向前冲得太猛,后续部队无法为其进行火力掩护,突击班只能利用前面不到半尺高的一段小土垅作掩护,时来亮和几个战友打退了敌人数次进攻,顽强坚守至深夜。次日,时来亮和战友们撤退时,他又冒着被敌人机枪扫射的危险,收集了许多枪支后才撤回营指挥所。时来亮身经百战,全身多达三十几处伤,他为人民利益而战,决不后退半步。

越是艰险，越要向前

阅读启示

战争是血与火的历练，是生与死的较量，在这场生死角逐的考验中，勇者胜，懦者败。支撑时来亮义无反顾、所向披靡的正是坚如磐石的信仰与无惧生死的胆魄，这也是我们这支军队的制胜密码。

拓展延伸

"您为什么能不畏流血牺牲，在战斗中勇敢冲锋？"面对记者的提问，时来亮回答："刚上战场时，我心里也没底。但看到身边战友都在英勇杀敌，再想起那些为了革命事业流血牺牲的英烈，我就把恐惧统统抛在脑后，只想着要打倒国民党反动派。"

齐进虎：无惧万军　穿插敌后

在电影《渡江侦察记》中，李连长带领侦察班穿插敌后获取情报的战斗故事赢得全国观众的无数喝彩。故事情节就改编自渡江战役中的真实事件，侦察员齐进虎是主角的原型之一。

1947年，华东野战军将国民党军"五大主力"之一的整编七十四师重重包围，孟良崮战役就此爆发。蒋介石的得意门生——张灵甫依靠美式装备、美式训练，据山固守，令华东野战军伤亡很大。在包围圈外围，蒋

越是艰险，越要向前

介石紧急调集数十万大军，妄图以张灵甫所在的孟良崮为核心，对华东野战军形成反包围。关键时刻，齐进虎所在师的首长点名让齐进虎带领几名侦察员潜入敌军阵地，侦察地形、获取情报。齐进虎奉命带队出发，穿过密集的火力网，不到一天的时间，就活捉敌人旅部通信员，缴获整编七十四师的兵力部署和作战计划等一系列机密文件，为华东野战军全歼张灵甫部、击毙张灵甫立下了汗马功劳。这一战，齐进虎初步展现了惊人的战场侦察能力。

第二年，解放战争进入战略决战阶段，华东野战军主力发起济南战役，这是解放军第一次对国民党坚固设防和重兵守备的大城市进行攻坚作战，战役难度很大。首长再一次把侦察敌人城防部署的关键任务交给了齐进虎。当晚，他带领三名战士，巧妙灵活地避开敌人的前沿观察哨、游动哨和密集的战场巡逻队，抵达济南城下。齐进虎告诉战士们："这次的任务不仅要抓'舌头'，还要抓个清楚敌人整体部署的大俘虏。"

根据观察到的情况，齐进虎一行人埋伏在公路旁边，这里经常有吉普车路过，他们判定上面一定有大官。这天，他们观察到有一大群敌人步行通过公路，其中有一个走路大摇大摆的军官。齐进虎认为，这伙敌人警惕性不高，不一定能及时反应，可以对其发动突然袭击，抓完军官就跑。就在军官走近埋伏点时，齐进虎出

齐进虎：无惧万军　穿插敌后

其不意，突然开火，并带领一名战士猛然冲进敌群中，留下的两名战士设立火力点，阻止后面的敌人增援。这伙敌人见状迅速卧倒，吓得头都不敢抬。齐进虎二人摁住军官就往山上拖，等到敌人反应过来准备反击时，齐进虎一行人早已经消失得无影无踪了。

经过进一步审讯，齐进虎一行人发现这个军官虽然只是书记官，但掌握着重要的战场情报，这次的收获让齐进虎赢得首长们的一致表扬。此后几天，齐进虎一行人又深入敌后抓获了不少俘虏，圆满完成了侦察任务。济南战役结束后，上级为侦察班记集体一等功，并授予其"齐进虎班"荣誉称号，齐进虎本人也荣立二等功。

1949年，解放军挥师长江，大军直逼南京，党中央提出"打过长江去，解放全中国"的口号。蒋介石妄想"划江而治"，将全部主力沿长江边布防，敌人还掳走了全部船只，构筑起千里江防线。师首长把渡江侦察的任务交给了齐进虎。3月15日，齐进虎带领几名侦察员乘坐一艘小木船，前往黑沙洲。船一靠岸，齐进虎就带领两名战士悄悄向地堡摸去，其他战士负责放哨看船。很快，岸边响起枪声，负责看船的几名战士被迫把船退回江心。齐进虎一行人则决定继续潜伏，向敌人纵深插进去，通过实地侦察，获取敌人的江防部署。此后连续几天，齐进虎一行人如入无人之境，白天隐蔽，夜晚侦察，甚至顺着电话线找到了敌人的指挥部，获取了大量

越是艰险，越要向前

战场情报。可到了返回时，齐进虎却犯了难，江边别说船了，连块木板也找不到。齐进虎一行人返回离江边不远的村子，找到一个采菱大木盆，决定用这木盆渡江。天黑以后，齐进虎带领战士们乘坐木盆，用手划水，在风浪中艰难地向北岸划去，终于在天亮时登上了岸。齐进虎一行人获取的情报，使战场指挥员对敌人的兵力情况和江防部署有了清晰的掌握。几天之后，解放军全面发起总攻。蒋介石的长江"天险"瞬间崩溃，解放军以摧枯拉朽之势占领南京。

阅读启示

穿插敌后入险地，侦察健儿逞英豪。木盆渡江的侦察英雄齐进虎用实际行动展现了中国人民解放军的机智勇敢和大无畏精神。历史川流不息，精神代代相传。我们要弘扬光荣传统、赓续红色血脉，把革命先烈的伟大精神继承下去，发扬光大。

拓展延伸

1950年，齐进虎出席全国战斗英雄代表会议；同年11月参加中国人民志愿军赴朝鲜作战；同年12月为祖国、为朝鲜人民、为保卫世界和平献出了自己宝贵的生命，年仅25岁。

林文虎：孤身闯大洋　孤艇斗战舰

　　他被中央军委海军司令部追认为全国第一位"海军战斗英雄"，他就是林文虎。林文虎在少年时期酷爱拳击，18岁时已经在泰国成为有名的"拳王"。30岁时，他乘一艘炮艇重创敌方旗舰"太和号"并重伤敌方舰队司令。在广州市黄埔长洲岛黄埔军校旧址纪念馆左侧，有一座林文虎烈士纪念碑，上面书写着这位英雄短暂而又传奇的一生。

　　1920年，林文虎出生在泰国的一个华侨家庭。他在

越是艰险，越要向前

少年时期喜爱拳击，曾拜当地拳王为师，常年的拳击训练造就了他坚毅的性格。1938年，他在泰国的全国拳击比赛中获得丙级组拳击冠军。在拳击运动兴盛的泰国，他成为拳王，就意味着收入和社会地位都有了保障。抗日战争全面爆发后，心怀家国的林文虎毅然加入暹罗华侨各界抗日救国联合会（简称"抗联"），并通过"抗联"介绍，于1940年回国，成为东江人民抗日游击队第三大队虎门中队的一名战士。后来，林文虎多次参加战斗，立下赫赫战功。1950年初，林文虎调任广东军区江防司令部海防队副队长。这一时期，逃到台湾的蒋介石依靠海军舰艇和美国援助，妄想在东南沿海筑起防线，企图"反攻大陆"，而中国人民解放军海军刚刚成立不久，极其缺乏正规的作战舰艇。

为了解放万山群岛，1950年5月25日凌晨，林文虎率领"解放号"炮艇作为突击力量出发，一小时后，"解放号"先于其他炮艇到达目的海域。在此期间，林文虎观察到敌人在这里部署了几艘千吨以上的大型舰艇和几十艘小型舰艇，其中旗舰"太和号"在当时已经是很先进的作战舰艇了。敌人的整个舰队都在这里布防，形势万分危急，只要敌人一艘舰艇的主炮击中了"解放号"，林文虎和战士们便会全部覆没。林文虎迅速作出冷静判断：敌人队形混乱，而且没有布置岗哨，只要突然发起袭击，"解放号"就有可能冲到敌人旗舰近身位置。这样的话,敌人的强大火力就发挥不出来,反而自己的炮艇可以利用灵活机动的优势给敌人制造混乱,为后续部队减少压力。布置完任务,林文虎指挥"解放号"全速向敌人旗舰冲去,待到还剩几十米时突然开炮,"太和号"中弹后迅速起火,敌人这才从梦中惊醒。由于距离很近,夜色中敌人旗舰的火力控制人员找不到哪里在开炮,只好胡乱还击,不断向周围狂打信号灯。

慌乱中,敌舰队司令兼万山防卫司令齐鸿章受重伤,敌舰队失去指挥后,乱作一团。霎时间,港口内炮火连天,敌人各舰艇猛打信号,更加剧了混乱的局面。

敌人以为遭到了解放军的大规模攻击,大型舰艇不管前方是解放军还是自己人,只顾盲目向前逃窜,有的舰艇因躲避不及,被自己人撞入海中。林文虎敏锐地抓住战机,专门寻找敌人大型舰艇开炮,又击中一艘千余吨的敌舰"中海号"。

紧张的战斗过后,敌人终于发现解放军在港口内并没有大规模舰队,气急败坏地开始疯狂开炮,"解放号"不幸被击中。虽然"解放号"内的官兵已伤亡大半,但林文虎坚决不退缩,继续指挥"解放号"在敌舰之间穿插,直到他被弹片击中,不幸牺牲。

在万山群岛战役中,林文虎率领孤艇奇袭敌人强大舰队,创造了海战中以少胜多的辉煌战例,毛泽东

| 越是艰险，越要向前

主席称赞这次海战"是人民海军首次英勇战例，应予表扬"。

阅读启示

指挥员林文虎以灵活机动的战略战术，英勇顽强、不怕牺牲的战斗作风，获得了以弱胜强的伟大胜利。"小艇打大舰"的海战精神，也成了人民海军的传家宝。时代在变，战争形态在变，但官兵听党指挥的红色基因和英勇顽强的胆魄永远不变。

拓展延伸

1950年，撤逃的国民党军队企图依仗海上优势，达到"控制万山、封锁海口、策应大陆、准备反攻"的目的。然而，以林文虎为代表的人民海军果敢亮剑，给予敌人沉重打击。林文虎烈士一生热爱祖国，他给自己的儿子取名林敬忠，寓意敬爱祖国忠于党。

刘虎成：民兵女司令

在1950年9月召开的全国战斗英雄代表会议上，毛泽东主席亲切地看了看一位女英雄，又转头看看朱德总司令，风趣地说："我们有个总司令，现在又有了个女司令！"这位"女司令"就是著名的战斗英雄刘虎成。

刘虎成，1918年出生在江苏省，1942年参加革命，负责党组织的交通联络工作并秘密加入中国共产党。一边照顾孩子，一边与敌人斗争的她，不仅领导当地农民开展减租减息斗争，还将妇女组织起来，成立了妇救

越是艰险，越要向前

会。1946年6月，国民党军队向苏中解放区发起进攻，时任中共九东乡支部书记的刘虎成临危受命。21日，在敌人包围九东乡的情况下，刘虎成沉着冷静地组织民兵协助老百姓分批转移，之后她才抱着尚在襁褓中的孩子准备逃出包围圈。在转移的过程中，刘虎成与组织失去了联系，和妇救会的文化教员在荒野里躲了几天，才逃过敌人的搜捕，后来她们扮成农民去了文化教员的娘家。为了不连累文化教员的家人，尽快逃出被包围的九东乡，刘虎成第二天便抱着孩子离开了。在暴风雨中，刘虎成悄悄行进，暗中打听党组织的位置，一路风餐露宿，还要不断甩开身后的追兵。如此恶劣的条件下，刘虎成怀中幼小的婴儿渐渐没了动静。她强忍住失去孩子的巨大悲痛，尽力让自己冷静下来，以找到组织为最终目标，终于在几十天后，与党组织重新取得联系。同年8月，根据党的指示，她穿过敌人的重重封锁，又悄悄潜回九东乡，领导游击队开展敌后斗争。

虽然刘虎成在游击队中担任政治指导员，但她意识到要先具备过硬的军事素质，才能成为一名合格的共产党战士，才算一名合格的政工干部。经过苦练，她迅速掌握了射击、投弹等军事本领。在历次战斗中，她始终冲在最前面。有一次，通过情报获悉，300多个敌人正在乡里抢粮抓壮丁，刘虎成带领游击队埋伏在道路两侧，待敌人到来时发起突然袭击。面对突袭，敌人数次发起反冲锋，都被游击队的手榴弹打了回去。很快，游击队的手榴弹就用完了。当敌人再次进攻至仅有十几米时，刘虎成第一个跳出来射击。战士们看到女指导员这么英勇无畏，士气大振，纷纷向敌人发起攻击，与前来增援的区队一同全歼了这股敌人，营救出200多个壮丁。

刘虎成十分善于抓住战机果断出击，打得敌人闻风丧胆。尤其是国民党"还乡团"，明知对方就是刘虎成，却奈何不得，可谓谈"虎"色变，只能贴出告示，重金悬赏活捉刘虎成。为了打击游击队的敌后斗争，敌人多次集中力量试图合击游击队，但在刘虎成的领导下，游击队不仅每次都能掩护群众安全撤离，冲出包围圈，还曾多次对敌人造成重创。在一次战斗中，敌军300多人兵分8路，借着深夜对游击队实施了包围，刘虎成带领战士们先用手榴弹迎击，打退敌人猛扑，拉开战斗距离，再发起梯次反击。敌人虽然人数众多，但始终打不到游击队，双方就这样僵持了整整一夜，敌人因此遭受了不小的损失。趁着敌人军心涣散疲于应战之际，刘虎成迅速带领战士们冲出包围圈。这一战，游击队在无一人伤亡的情况下，打死打伤了不少敌人。

1947年春天，刘虎成担任乡联二防队的政治指导员。在长期艰苦的敌后作战中，她的身体每况愈下，上级考虑到她的健康状况，将她调到教导队参加学习。在

越是艰险，越要向前

此期间，刘虎成始终心系游击队。当她得知丈夫不幸牺牲后，坚决要求回到队伍里，立志要为丈夫报仇。她奋不顾身，领导游击队不断与敌人开展斗争，建立起牢固的敌后根据地，为解放军的大部队在苏中地区发起反击创造了有利的群众和地理条件。

阅读启示

英雄不问出处，更不分性别。在革命战争中，以刘虎成为代表的无数女英雄，大义凛然，视死如归，为革命胜利建立了不朽功勋。"中华儿女多奇志，不爱红装爱武装。"当今，越来越多的女性选择投身部队，以她们的飒爽英姿撑起国防的半边天，向世界展示中国女兵的力量。

拓展延伸

1949年，刘虎成出席中国妇女第一次全国代表大会，当选为全国妇联候补执行委员。

张国福：少年英雄　勇气赞歌

1950年9月，全国战斗英雄代表会议在北京召开，其中最年轻的那位英雄，受到了毛泽东、周恩来等领导人的亲切接见。此时，这位少年英雄，虽然只有19岁，但已经是解放军中有名的特等功臣，并荣获"孤胆英雄""开路先锋""青年战斗英雄"等称号。

这位少年英雄，名叫张国福，原名张国富。1946年，张国福在家乡参加了中国人民解放军，入伍仅半年，就孤身活捉了一名国民党中将，荣立大功。那是

越是艰险，越要向前

1947年5月，在东北战场上，解放军发起攻势，张国福所在的独立三师九团在江密峰地区和国民党军赵伯昭部交上了火，战斗进行得异常激烈。双方激战到下午三点多，敌人在最后一个高地上收拢力量，集中全部火力，试图固守待援。战场形势十分紧张，如果张国福他们不能迅速占领这个高地，整个部队就有被敌人反包围的危险。几次冲锋下来，营长、连长、指导员先后牺牲。看着一批批倒下的战友，张国福满腔怒火，一心只想为战友报仇。他利用己方炮火暂时压倒敌方火力的间隙跃出掩体，迅猛而又灵活地向敌方指挥所冲去，子弹不断从他身边擦过，炮火炸起的泥土几乎将他掩埋。在巨大的冲击下，他不断摔倒又爬起，终于凭借惊人的毅力冲到了敌方指挥所前，拉开手榴弹的拉绳，跳进敌人的掩体内，大喊："放下武器，投降不杀！"指挥所里的敌人都吓傻了，完全没搞清这个衣衫破烂的毛头小子是怎么穿过密集炮火冲进来的。短暂的犹豫过后，国民党中将赵伯昭带头举起双手，表示投降，指挥所里的其他人也随之放下枪。战后，《猛进报》报道了张国福的英勇事迹。少年英雄张国福一战成名，荣立大功一次。

1948年9月，辽沈战役打响，廖耀湘率领5个军共计10万人组成"西进兵团"，妄图配合从葫芦岛登陆的国民党军，对东北野战军形成包围。敌人战力十分强悍，双方战斗很快进入胶着状态，东北野战军通过无线电破

张国福：少年英雄　勇气赞歌

译了敌人的电报，得知廖耀湘的司令部就在胡家窝棚。张国福接到任务，带领小队向胡家窝棚穿插。半夜时，张国福带领小队悄悄摸到了胡家窝棚附近，便立即扑上去发起冲锋，而敌人在此布置了强大火力，令小队攻击受阻，伤亡惨重。张国福带着爆破筒和手榴弹，全神贯注地匍匐在前沿，等待冲锋信号。冲锋号响起后，敌人火力更加猛烈，小队又一次冲锋失败了，但张国福没有退回阵地，而是假装被炮弹击中，卧倒在牺牲的战友身边，在下一次冲锋发起时，悄悄匍匐前进。听到电台的滴答声响，张国福意识到敌军司令部就在不远处，借助炮弹爆炸的烟雾，他迅速向前冲锋，投出一颗手榴弹，随后借势冲进敌军司令部。

擒贼先擒王，张国福手持爆破筒，对着司令部里一个像是大官的人喊道："快命令你的人放下武器，不然我就和你们同归于尽！"就在敌人惊慌失措的时候，战友们沿着张国福的冲锋路线冲了上来，敌军司令部被一举摧毁，不可一世的廖耀湘兵团瞬间土崩瓦解。战后，张国福被评为特等功臣。

张国福一生参加过辽沈战役、平津战役、抗美援朝战争等，屡立奇功。后来，张国福复员后，地方政府对他的事迹十分重视，但他为了不给国家添麻烦，甚至将原名"张国富"改为"张国福"，到外地干起了消防员。1997年，张国福病重，老战友将他接到北京。1998

越是艰险，越要向前

年7月，身患肺癌的张国福在昏迷中不停地喊着："首长，我被包围了，向我开炮！""连长牺牲了，战士们全牺牲了，恳求援助。""报告首长，我突围了……"见此情形，围在他身边的亲人和中国人民解放军总政治部的领导都哭了。同月，享受副师级待遇没多久的张国福永远闭上了双眼。

阅读启示

张国福少年成名，一生不慕名利，在战场上不惧生死，归隐田园后隐姓埋名。他身上的朴实品质，诠释了中国军人的铿锵本色。对我们每个人来讲，唯有在奋斗的征程上多建立功业，不计较个人功名，才能与"伟大"相称。

拓展延伸

张国福一生充满传奇，作为一名荣誉满身的英雄，曾获得"东北人民解放军英雄奖章"两枚、"全国战斗英雄代表大会纪念章"一枚、"毛泽东奖章"一枚……长篇报告文学《最后一个军礼》生动地描写了主人公张国福的事迹。

钟银根：用生命践行的军旗卫士

红旗上的每一抹红色，都浸染着英雄的鲜血。

在平津战役纪念馆里，陈列着一面暗红色的旗帜，上面书写着五个金色大字"杀开民权门"。在这面显得有些残破的旗帜背后，是一名16岁小战士永不磨灭的英雄故事。

天津战役打响后，解放军第四十五军一三五师四〇三团一营一连接受了突破民权门的战斗任务。民权门是个"难啃的硬骨头"——位于天津城东北面，守敌

越是艰险，越要向前

在城墙上构筑了层层交叠的火力点，城墙外挖有宽阔的护城河，防御前沿还设有铁丝网、电网、绊脚索以及众多地堡，被称为"天津之标准工事"。面对如此重要的防御阵地，如果不能快速攻破民权门，部队就会遭受巨大损失，因此，第四十五军选派了攻坚能力最强的团队来攻打民权门，并且在战前授予尖刀一连"杀开民权门"锦旗，勉励战士们奋力战斗。

攻打民权门的战斗打响后，一连迅速发起冲锋，用了不到15分钟的时间，就突破了11道障碍，占领了5座碉堡，城门已经清晰可见了。到了民权门突破口，敌我双方展开近距离激烈厮杀，一连负责掩护冲锋的机枪手的肚子被打穿，连排干部都有伤亡，但全连官兵同仇敌忾，牢牢守住突破口，先后五次击退敌人的反扑。最后的冲锋开始了，作为全连乃至整个攻城部队的精神指引，旗手钟银根紧紧抱着带有"杀开民权门"的红旗率先冲上城头，并把红旗插在了民权门上。后续部队远远望见红旗在城门上高高飘扬，受到了极大鼓舞。在激烈的战斗中，火一般耀眼的红旗深深刺痛了敌人的双眼，不死心的敌人疯狂地向红旗所在的位置发起反击，试图和解放军争夺阵地。很快，红旗淹没在烟雾中。"战火中的红旗是激励战士们奋勇杀敌的标志，绝不能倒下"，钟银根怀着这样的信念，无惧危险，第二次爬上城头，高扬起旗帜。交战中，虽然敌人被打退了，但是炮火不停歇。钟银根的双腿不幸在枪林弹雨中被击中，难以忍受的剧痛让他丧失意识昏倒在地，红旗也随之倒下。不久后，钟银根醒了过来，当他强忍疼痛想要站起来时，却无论如何也站不起来，这时他才发现自己已经失去了双腿。誓死也要"保卫红旗"，钟银根在顽强信念的支撑下，一点点挪动身体，紧紧握住旗杆，借助一块石头，第三次把红旗竖了起来！

当无数战友看到这面再次升起的旗帜时，心中的希望与斗志也被点燃，他们怀着满腔的怒火向敌人发起更加猛烈的冲锋，冲杀的声音一浪高过一浪。穷途末路的敌人还在进行垂死挣扎，而高高扬起的红旗无时无刻不在宣告着解放军的血性与胆魄。弹片又一次穿透了钟银根的胸膛，他不断地提醒自己："红旗绝不能倒下！"然后用尽全身力气，爬向一个斜坡，半躺在坡面上。此时，旗杆已经被炸断了，钟银根用自己的肩膀抵住最后的一截旗杆，拼尽全力让红旗屹立不倒。这个坚毅的身躯已经和红旗融为一体，他的身体就是旗杆！就这样，"杀开民权门"红旗第四次竖立在民权门上！

在浸满鲜血的红旗指引下，攻城部队突破了民权门，攻下了天津。胜利到来了，红旗永远不会倒下！

越是艰险，越要向前

阅读启示

战地埋忠骨，沙场奠英魂。热血青年钟银根舍生忘死、奋勇冲锋的战斗精神，至今仍然支撑着那面永远不倒的旗帜。那面被无数英雄烈士的鲜血染红的旗帜永远是我们的精神指引。

拓展延伸

平津战役结束后，部队给每个牺牲战士的家属送去阵亡通知书，可就是找不到钟银根的家人。后来得知，他的家人早已在连年战火中去世了。

王道恩：孤勇先锋　俘敌能手

1948年12月，国民党军邱清泉部被中国人民解放军紧紧包围在淮海战场上。

28日，邱清泉部的一个师试图突围，华东野战军八纵的一个团对其给以坚决阻击，困兽犹斗的敌人数量远远超过这个团的人数，战斗进行得异常残酷。激战一夜后，这个团的二营几乎全部伤亡，只剩下担任机动任务的五连六班的几名战士。在班长王道恩的带领下，他们顽强地坚守在阵地上，始终未让敌人逃出包围圈。突围

越是艰险，越要向前

不成的敌人惧怕被解放军大军合围，逃入一个村子。王道恩带领几名战士处理好战友遗体，安排好伤员之后，决定向突围的敌人发起反击。王道恩认为，"敌人已经被我们打怕了，尽管他们数量是我们的两百倍，但我们的战斗力是他们的几千倍"。整个白天，敌人没敢再次尝试突围。

天色渐沉，王道恩将战士们分成两个战斗小组，分两路向村子悄悄摸去。在一面矮墙边，王道恩用手势示意两个小组向两侧迂回。原来矮墙后面，整齐地停放着十几门火炮，这里看样子像是炮兵阵地，兵力至少是一个连。战士们各自占领射击位置后，王道恩突然跳上土墙，大喊："你们被包围了，缴枪不杀！"漆黑的夜色中，一个敌人慌乱地开了枪，子弹擦着王道恩的耳边飞了过去。王道恩迅速朝子弹射来的方向开枪，一个短点射，打倒了几个试图反抗的敌人。另外几名战士也从不同方向开枪，一时间枪声大作。王道恩大喊："四周都是我们的队伍，谁动就打死谁！"这群国民党士兵瞬间吓破了胆，带头的军官举起了手："别打别打，我们投降。"敌人一边说着一边弯腰放下武器，谁知那个狡猾的军官原来是想捡起地上的机枪，王道恩眼疾手快，在敌人扣动扳机之前抢先开枪，那个军官赶紧抱头求饶，再也不敢反抗了，余下的敌人也纷纷举手投降。经过清点，王道恩等人俘敌100多人。

王道恩：孤勇先锋　俘敌能手

辉煌的战绩还在继续。处理完俘虏，王道恩带领战士们上刺刀，准备向敌人的核心工事发起冲击。面对环形战壕，他们用手榴弹进行轰炸。短短几十分钟之内，王道恩一人就投出手榴弹一百多颗。战壕里的敌人稍作抵抗，便用一根竹竿挑起白衬衫当作白旗，大喊着要投降，战士们端着刺刀冲过去简单一数，又俘敌100多人。

接下来的战斗就要危险得多了。在村子的西北角，敌人全部龟缩在坚固的碉堡内，这是一群梅花形的子母堡，地上有明堡，地下有暗堡，而且均有射击孔，大小碉堡里的机枪疯狂射击，形成密集的火力网，王道恩等人一点一点匍匐前进。黑暗中，王道恩看见敌人碉堡前的空地上黑压压一片，全是尸体。这是担任突击任务的六连，在前两天激战的过程中，全部壮烈牺牲。王道恩见状，回头问战士们："你们害怕吗？有没有胆量跟着我炸了敌人的碉堡？"大家纷纷表态："要死就死在进攻的路上，只为冲锋死，绝不后退生！"王道恩说："敌人只是在向四周盲目射击，他们根本不知道我们的位置，更不知道我们只有几个人。那个最大的母堡极有可能是敌人的师部，只要集中火力轰击，我们就很有可能占领他们的师部！"王道恩带领大家进入交通壕，把收集的所有手榴弹能挂在身上的就挂在身上，挂不上的就装进筐子里。王道恩一声令下，手榴弹纷纷朝着母堡

| 越是艰险，越要向前

前的防御线飞去，在这般攻势之下，母堡终于被炸开了一个缺口。王道恩和战士们并排往上冲，很快便爬上了母堡顶部，然后往射击孔里扔手榴弹。沉闷的响声过后，一支挂着白毛巾的枪伸了出来，紧接着，机枪、步枪纷纷扔了出来，敌人投降了。

这场战斗，王道恩所在的六班共毙伤敌270人，俘虏600多人，缴获轻重机枪39挺，步枪700多支，迫击炮9门。六班无一人伤亡。

| 阅读启示 |

王道恩集勇气与智慧于一身，将心理战术与作战技巧运用得炉火纯青，创造了令人难以置信的伟大战绩。"战略上藐视敌人，战术上重视敌人"，这个理念在他身上得到了生动实践。我们从中可以学到：不管面对多大的困难，都不要被吓倒，认真分析，树立信心，即战略上藐视；在具体行动前，一定要制订周密的计划，绝对不能轻视困难，即战术上重视。

| 拓展延伸 |

王道恩，1945年参加八路军，曾荣立一等战功，获"二级战斗模范"荣誉称号。

刘四虎：以一战十的拼刺英雄

1950年9月，全国战斗英雄代表会议结束后，中共中央印发了一本《全国战斗英雄代表会议纪念刊》，在战功累累的英雄中，有一位手拿刺刀的英勇青年，他就是孤身杀入敌群，与敌人拼弯刺刀的英雄刘四虎。

刘四虎，1926年出生在一个贫困家庭，1946年在家乡参加中国人民解放军，成为三五八旅八团二营六连的一名战士。这年冬天，他跟随部队到达陕北，受到了毛泽东和朱德的检阅，这让刚满20岁的刘四虎更加坚定了

越是艰险，越要向前

誓死保卫党和国家的决心。

当时，国民党军集中了在西北地区的大部分主力，准备进犯延安。1947年3月，延安保卫战打响，面对国民党的25万大军，解放军保卫党中央的战斗打得既光荣又惨烈。在西华池战役中，刘四虎所在的六连奉命攻打一个土围子，敌人在这里借助坚固的明堡和暗堡固守，妄图吸引解放军主力，为国民党增援部队争取时间。如果短时间内拿不下这个土围子，整个六连就有被敌人反包围的危险。当六连发起攻击时，刘四虎发现敌人的一个暗堡火力最为凶猛，他瞅准一个空隙，悄悄匍匐前进。突然，一排排子弹向他扫来，子弹击打扬起的灰尘令他睁不开眼，他宁死不退，继续向着暗堡前进。即便腿部中弹了，他也顾不上疼痛，一个猛冲，向着敌人的火力正面发起突击，以血肉之躯吸引敌人的火力。随后，战友们一拥而上拔掉了敌人的暗堡，终于拿下了这个土围子。战斗结束后，伤势严重的刘四虎被送往后方医院接受治疗，然而仅仅半个月后，他就坚决要求出院。他拖着还未痊愈的身体，经过多日的寻找，总算追赶上了部队，参加了攻打蟠龙的战斗。战斗结束后，由于作战勇敢，刘四虎光荣地加入了中国共产党。

1948年2月，宜川战役进入白热化阶段。国民党第二十九军企图增援宜川城，遭到解放军西北野战军攻击后，又企图集结兵力从东南山高地突围。刘四虎奉命带

刘四虎：以一战十的拼刺英雄

领突击班参加战斗，任务是夺取东南山高地。这个高地四周的地形极为险峻，冲击路线长，爬坡难度大，是一个易守难攻的地方。刘四虎坚决冲在最前面，当冲到山腰处的凹地时，4名战士不幸中弹牺牲，突击班只剩下3人。刘四虎指着离敌人战壕七八米远的大树，示意两名战士接下来向那里冲锋。说时迟那时快，借助手榴弹爆炸的烟雾，刘四虎带头向前冲去，几个猛扑就到了大树后面。万恶的敌人看到这几名不怕死的解放军战士，便发动全部火力向大树猛烈射击，刘四虎身边的两名战士接连受伤倒下，突击班只剩下刘四虎一个人。刘四虎怒目圆睁，抬手扔出几颗手榴弹，借助烟雾瞬间冲到敌人战壕前边，端枪就刺，没等敌人反应过来，就连续刺死多个敌人，吓得敌人埋头逃窜。刘四虎越过堑壕才发现，这里竟有十几个敌人。惊慌失措的敌人见解放军只有一个人，便有些气势凛然了，纷纷大叫："抓活的！"但没等话音落下，刘四虎又一个猛冲，刺死了两个敌人。在连续的猛刺之下，坚硬的刺刀已经弯了过来。回过神来的敌人将刘四虎团团围住，他紧紧握住钢枪，与敌人进行刺刀见红的白刃战。激烈的肉搏战中，一班的战友从高地侧面冲了上来，还没来得及支援刘四虎，就被数倍于己的敌人分割包围在战壕里。刘四虎看到被包围的一班班长处境危急，迅速跳出了自己的包围圈。由于突围时用力过猛，刘四虎一不小心栽进了堑

越是艰险，越要向前

壕，敌人一拥而上，十几把刺刀向着刘四虎身上猛刺，他身中十几刀，仍顽强与敌人拼杀。就在他因伤势过重而倒下时，配合进攻的五连冲上了高地，经过一番战斗，终于把这股敌人消灭了。

战斗结束后，刘四虎奇迹般地活了下来。部队给他记特等功一次，并授予他"特等战斗英雄"光荣称号。后来，第一野战军开展了"向英雄刘四虎学习"的活动。

阅读启示

即使战斗至最后一人，即使战斗至面对面的近距离拼刺，即使被一群敌人包围，刘四虎也要逢敌亮剑，英勇拼杀！他身上这种"硬骨头"精神，这种刺刀见红、有我无敌的血性代代传承，时时激励着我们以一往无前的倔劲、拼劲和韧劲克服前进道路上的一切艰难险阻。

拓展延伸

70多年前，六连战士刘四虎被敌人团团包围。他奋力刺杀多个敌人，连刺刀都拼弯了。至今，这把拼弯的刺刀仍鞭策着六连官兵时刻练习杀敌本领，拼刺刀也成了六连的必训课目。

魏来国：登上天安门的英雄神枪手

1949年9月，中国人民政治协商会议第一届全体会议在北平（今北京市）召开。主席团中有一位年轻的士兵，他就是华东军区的英雄代表魏来国。当时，全国涌现出数百名战斗英雄，为何魏来国能够被推选为参加盛会的主席团成员呢？这要从他的战斗作风与赫赫战功说起。

魏来国，1925年出生在山东省的一个赤贫家庭，整个童年都在衣不蔽体、饥饿难耐的苦难中度过。魏来国

越是艰险，越要向前

14岁就参加了青年抗日先锋队，扛着红缨枪站岗放哨，很快就成了当地八路军的情报员和各村的联络员，16岁时终于如愿以偿加入了八路军石岛大队。入伍之初，魏来国只有两发子弹，其中一发子弹还在过河时不小心遗落，他在河里摸索了两个小时，手脚都泡肿了也没找到，他为此心痛极了。在后来的一次战斗中，魏来国对一个敌军士兵紧追不舍，就在千钧一发之际，他连开两枪都没打中。那个敌军士兵就在他的眼皮底下溜走了，他恨得咬牙切齿，从此下定了要苦练射击本领的决心。

1944年，已经参加过数十次战斗的魏来国被提拔为副排长，他在教导大队受训3个月后，射击技术开始崭露头角。后来，一股国民党收编的伪军在即墨地区胡作非为，折腾得老百姓苦不堪言。接到战斗命令后，魏来国凭借机动作战，一人在20天内打死100多个敌人，得到了各级领导的一致表扬。

1946年6月，蒋介石公然撕毁停战协议，开始全面进攻解放区。国民党第五十四军向胶东半岛进犯，魏来国所在的警备四旅八团奉命在蓝各庄发起阻击。敌人的两个连依靠美式装备和炮火支援，向魏来国率领的一个排发起攻击。魏来国布置完阻击阵地后，手握一支三八式步枪，利用掩护，弹无虚发，一枪消灭一个敌人，不一会儿工夫就打死了十几个敌人。与此同时，他自己的射击位置也暴露了，敌人开始集中火力向他射击。魏来

魏来国：登上天安门的英雄神枪手

国丝毫不慌，他在仔细分析敌人的攻击习惯和阻击阵地的地形后，命令全排摘下帽子，将其挂在玉米秆和步枪通条上用来迷惑敌人。果然，敌人上当了，纷纷向着假目标疯狂地倾泻子弹。魏来国则沉着地压弹、射击，一上午的时间就消灭了几十个敌人，但由于敌人的炮火密度极大，魏来国被一枚炮弹震昏了。过了一会儿，天上下起了大雨，魏来国被冰凉的雨水一激，清醒了过来，一睁眼便发现一个敌军军官正龟缩在大树后面挥动小旗指挥进攻。魏来国果断开枪，一枪就击中了敌军军官的手腕。那个军官吓得魂飞魄散，转头就跑，敌人的进攻队形很快就散乱了，一整天再未前进一步。战斗结束后，经过清点，魏来国共射击子弹125发，消灭了110个敌人，以一个排的兵力阻挡了敌人整整两个美式装备连的进攻，他因此荣获"山东射击英雄"称号。

1947年4月，国民党以80个旅重点进攻山东解放区。魏来国所在的连队接到阻击敌人的命令后，从胶东地区的招远县（今招远市）出发，连续多日急行军，终于比原计划提前一天赶到了目的地。魏来国带领全连战士与敌军对峙，以一个连的兵力面对数十倍于己的敌人，坚守阵地七天七夜，打退敌人无数次进攻。此战，魏来国再次表现出惊人的射击本领，击杀了数百个敌人。在战士们眼中，连长的一支步枪比一挺重机枪的威力还要大。这次战斗过后，全连荣立集体一等功。

越是艰险，越要向前

在中华人民共和国成立前夕，魏来国被推选为中国人民政治协商会议第一届全体会议代表和大会主席团成员，并在会后受到了毛泽东主席的亲切接见。

阅读启示

魏来国以坚定的信仰、精湛的技术，书写了以一敌百的神枪手传奇。在战争制胜的问题上，魏来国用实际行动告诉我们，武器只是重要因素，人才是决定因素。无论时代条件如何发展，战争形态如何演变，这一条永远不会变。

拓展延伸

魏来国的一生堪称传奇，他的英雄事迹不仅传遍大江南北，还被编成了连环画。他成为不少读者心中的射击英雄。

刘奎基：九死一生的英雄

在世界民主青年第二次代表大会上，他作为我国青年代表，用出色的表现让全世界青年看到了中国人民解放军的英雄气概和钢铁意志，他就是9次负伤仍坚持作战的刘奎基。

刘奎基，1927年出生在山东省，17岁参加八路军。入伍仅18天，这个新兵就勇敢地冲在了队伍最前面。在夺取碉堡的战斗中，刘奎基的右臂不幸负伤，但他竟然

越是艰险，越要向前

靠着一条左臂，连续刺死多个敌人。战斗结束后，部队领导考虑到他年龄小，右臂在部队难以治疗的实际情况，便耐心地劝说他复员回乡。谁知几个月后，刘奎基又带着几个民兵回到了前线，领导拗不过他，只好同意他再次入伍。在之后的一次战斗中，刘奎基被弹片打伤头部，伤还没好，他就从后方医院跑回了部队。再一次参战时，他的右眼负了伤，眼睛几乎失明，可他坚决拒绝下火线。就这样，旧伤未愈又添新伤的刘奎基在前线不停作战。

1946年，国民党第五十四军一部占领了芝兰庄。芝兰庄曾是日军的据点，修筑有碉堡和完备的防御工事，国民党军又在阵地前沿设置了地雷阵，企图死守芝兰庄。为了粉碎敌人的企图，刘奎基带领全班战士冲在最前面。炮火无情，在密集的炮火冲击下，他的头部被弹片打伤，晕倒在地。等恢复意识后，他挣扎着起身继续向前冲，很快就到达了敌人的关键碉堡前面。由于这个碉堡矗立在冲锋道路的要害部位，从中发射的火力对冲锋部队造成了严重伤害。战士们数次对碉堡实施爆破都没能成功，以致冲锋部队不仅后路被截断，前面又有许多敌人，形势非常危急。此时，全班战士都没了主意，纷纷望向刘奎基。他冷静地分析了地形和敌人的火力特点，忍着伤痛指挥全班进行迂回。在他的极力掩护下，

刘奎基：九死一生的英雄

战士们才圆满完成炸毁碉堡的任务。刘奎基见状，迅速带领全班占领距敌人仅几米远的一处民房。他们在此坚守一整夜，终于在第二天发起总攻时与大部队会合。在发起总攻的路上，刘奎基又一马当先冲在了最前面。面对敌人密集的火力，即使身上的衣服被子弹打成了一条条碎布，他仍奋勇向前。由于冲得太快，他又一次与大部队拉开了距离。越过一道矮墙后，刘奎基跳进了一个小院。尽管后无援兵，他也毫不畏惧，一脚踹开正房的屋门，刚踏进屋内，里面的敌人就端起机枪对准了这个"不速之客"。刹那间，空气仿佛凝固了。刘奎基趁敌人还没完全反应过来，一把夺过机枪，喊道："缴枪不杀！"满屋的敌人都被他的气势震慑住了，纷纷举起了手。这一战，刘奎基毙伤20多个敌人，活捉17个敌人，其中包括一名国民党军副团长。

1948年，周张战役爆发，这位钢筋铁骨的英雄仍然冲锋在最前面。战斗中，刘奎基3次负伤，在已经站不起来的情况下，他竟躺在前线指挥战斗，击退国民党军5次反扑，牢牢地守住阵地。后来，由于刘奎基半个身体已经残疾，部队坚决不同意他入朝作战，他便以百折不挠的精神不断向组织提出请求，终于获准到朝鲜战场上从事勤务工作。

越是艰险,越要向前

阅读启示

革命战争年代,面对气焰嚣张的强敌,一代代像刘奎基这样"钢筋铁骨"的革命军人正是靠着向死而生的精神,形成了压倒一切敌人的强大气势。今天,前进道路上还有许多"雪山""草地"需要跨越,还有许多"娄山关""腊子口"需要征服。关键岗位、关键时刻仍会面临生与死的考验,我们仍然需要这种向险而行、无惧生死的担当精神。

拓展延伸

刘奎基曾在抗美援朝第二次战役中,目睹战士们在酷寒中牺牲时头都向着进攻的方向……回忆起这些战友,他哽咽良久,希望青年党员把祖国建设得更加强大,不负先辈的牺牲和奋斗。

吕顺保：爱兵如子　胜乃可全

吕顺保：爱兵如子　胜乃可全

中国共产党领导的人民军队自成立以来，尊干爱兵就是其优良作风。战斗英雄吕顺保就是这样一名爱兵模范。

1922年，吕顺保出生在河南省农村的一个贫困家庭，很小的时候，他就开始给地主干活，受尽苦难。1945年，吕顺保毅然决然参加了革命队伍。

1946年8月，担任机枪连班长的吕顺保，和连队一

越是艰险，越要向前

起负责掩护全团撤退。在大部队撤退的关键时刻，吕顺保带领全班坚决阻敌，面对数十倍于己的敌人和雨点般的炮火冲击，一个个战友相继倒下，他一人卧在掩体里固守火力点，顽强反击，在枪林弹雨中掩护大部队成功撤退，而自己不幸被敌人三面包围。面对绝境，吕顺保大吼一声，将50多公斤的机枪扛在肩上大杀四方，最终冲出包围圈，跑了几十公里，成功找到队伍。此时的吕顺保满身血污，衣服破烂不堪，脚板已被扎得不成样子，机枪却完好地立在他的肩上。由于敌人已经越过了吕顺保的掩护阵地，部队领导以为他牺牲了，当吕顺保赶到部队时，部队正在为他举行追悼会。面对"死而复生"的吕顺保，大家都惊喜万分。战斗结束后，吕顺保被记大功一次。

吕顺保的爱兵故事更是数不胜数。1948年，吕顺保担任连指导员，带领战士们顶风冒雨，翻山越岭，在"风雪大同四百里"的山地中急行军三昼夜，战胜了难以想象的严寒和坎坷山路。在零下十几摄氏度的行军过程中，冰雪和汗水浸透战士们的衣物，一旦休息体温稍有降低，战士们就会遭受严重冻伤，被冻成"冰人"。

由于物资匮乏，再加上急行军，连队大多数战士没有保暖的衣物。见此状况，吕顺保便把自己的棉鞋、袜子给了战士们，自己却在冰天雪地里穿着单鞋。在行

吕顺保：爱兵如子　胜乃可全

军过程中，吕顺保的单鞋早就湿透了，脚也被冻得肿成了大萝卜，他却还抢着给战士们背战斗物资。在艰苦的条件下，吕顺保经常给大家扭秧歌、唱快板，为大伙儿加油打气。深夜休息时，为了防止战士们被冻伤，吕顺保强忍着身体的疼痛与疲惫，给战士们烧洗脚水，挨个儿给战士们烫脚。他却因为脚被冻伤，走路困难，只能拄着棍子，一瘸一拐地前进。正是吕顺保这种心系官兵的情怀，才使连队氛围好得像个大家庭一样，十分团结友爱。在连续多年的战斗中，吕顺保所在的连是全兵团唯一的"无一掉队，无一逃亡，无一减员"的连队，并且多次立大功。后来，吕顺保被树立为全军"爱兵的旗帜"，他所在的连被授予"尊干爱兵模范连"荣誉称号，在全军乃至全国引起了很大反响。

1956年9月，吕顺保响应党的号召支援地方建设，放弃留在大城市和部队的机会，转业到地方工作。1989年9月吕顺保病逝，享年67年。

阅读启示

吕顺保深知"爱兵如子，胜乃可全"。在战争中，只有上下一心，协同作战，共同对敌，部队才能获得胜利。在新时代的征程中，我们也要团结一致，同心同德，战胜困难。

| 越是艰险,越要向前

拓展延伸

　　吕顺保的儿子说:"父亲从一个小山村走出来,为新中国的解放事业立下战功,我从心底无比敬仰,在生活和工作中以他为榜样,为国家发展尽一份自己的力量。"

张英才：钢铁营营长

在中国人民解放军作战史上，他是以善打大仗、恶仗出名的战斗英雄。他曾参加大小战斗百余次，淮海战役总前委授予他所在的营"钢铁营"称号，并记全营每人大功一次，同时他还被授予"钢铁营长"称号。他就是战火历练出的钢铁英雄——张英才。

1945年，日本刚宣布投降不久，阎锡山就接到上级命令向共产党发动进攻，晋冀鲁豫军区的军民奋起抵抗，上党战役就此爆发。张英才所在的九连接到的任务

越是艰险，越要向前

是在长治的北关地区部署兵力，抵近城门，坚决堵住敌人的出入口。这天，恰逢倾盆大雨，九连冒雨赶到北关附近。天黑后，张英才指挥全连蹚过一米多深的护城河，分两路直插城门，抵达城门砖楼脚下。由于敌人依靠高楼和旁边的独立院落形成交叉火力网，九连贸然发起进攻的话，势必遭受巨大伤亡。机智的张英才命令全连，迅速占领附近的平房，并把墙壁全部打通，形成天然掩体。他判断敌人夜间不敢行动，只是依靠射击孔进行盲目射击。果然，敌人向平房进行了密集扫射，却始终没敢离开高楼。

拂晓时分，九连已经构筑起掩体，并且在墙壁上挖设可供立姿和跪姿射击的射击孔。天亮以后，敌人见九连所在的平房低矮，便凭借火力优势疯狂向其倾泻炮弹。张英才从敌人炮弹的发射规律中判断出对方兵力不弱，并且极有可能会发起突围冲锋。经过审时度势后，张英才带领全连在平房内又挖了暗壕，作为第二道防御工事。在敌人发起两次大冲锋后，九连所在的平房全部被炸塌，敌人见断壁残垣内没了动静，以为九连被炮火打得失去了反抗能力。炮火短暂停歇后，敌人便倾巢而出。等到敌人进入射击范围内，九连突然跃出暗壕，打得敌人猝不及防、溃不成军。就这样，在数量上数倍于九连，并且占据绝对优势的国民党军，硬是被九连堵在城门口，没有一个人能逃走。当天，九连打退敌人22次

张英才：钢铁营营长

进攻，毙敌300余人，缴获的武器不计其数。战后，纵队授予九连"铁的九连"荣誉称号。

1948年淮海战役全面打响时，张英才已经是中原野战军第四纵队十三旅三十八团一营的营长。11月，国民党军准备通过津浦铁路突围，张英才奉命带领一营炸毁铁路和涵洞，在几乎无遮掩的平原上进行阻击。关键时刻，张英才用铁的精神激励全营，要像钉子一样死死地钉在阵地上，绝不后退一步！战斗中，全营连排干部伤亡了一半以上，张英才带领大家依靠残缺的工事进行顽强阻击，最终顶住了敌人一个师的攻击，守住了阵地。战斗结束后，纵队授予一营"坚守阵地，稳如泰山"锦旗。到了12月，淮海战役进入关键阶段，驻军宿县以南小张庄的第十八军是国民党军"五大主力"之一，武器精良，作风强悍，其中有一个营号称"老虎营"。中原野战军为巩固阵地，把张英才的一营调了过来，要与敌人"尖刀对尖刀"。张英才带领一营刚刚到达防御阵地，不得半刻喘息，就带着两名侦察员摸上了敌人的交通壕。张英才很快便作出判断，他将全营分为一个突击队，一个火力队，又将突击队分为七个突击小组。明明上级下发的是坚守任务，张英才为什么布置的却是攻击队形呢？这正是战斗经验丰富的张英才根据敌人工事情况，制定的"积极防御，以攻为守，趁夜出击"的作战方针，瞄准敌人不擅长夜战的死穴，在战术上避免死守

越是艰险,越要向前

阵地,选择以消灭敌人有生力量为主要目标。果不其然,敌人白天借助火力优势,在步炮坦空协同作战下发起进攻。一营则是白天固守阵地,夜晚发起多次进攻,把敌人打得一片混乱,在24小时内粉碎敌人19次进攻,毙伤敌千余人,俘敌200余人。战斗结束后,上级把一营防守的阵地称为"铁桶小张庄"。在淮海战役的战火中,"钢铁营"淬炼而生。

阅读启示

"钢铁营长"张英才集坚定的信念、无畏的勇气与非凡的智慧于一身。曾3次获"特等战斗英雄"称号,9次荣立特等功。他的事迹启示我们,"古之立大事者,不惟有超世之才,亦必有坚忍不拔之志"。

拓展延伸

在一次接受采访时,张英才给记者看了一张全家福,并介绍他们一家人当兵的情况,说起子女取得的成绩更是如数家珍。记者望着这位可敬可爱的老人,听着他的讲述,感慨道:"这的确是一个令人羡慕的军人之家。"

董来扶：所向披靡的坦克英雄

在中国人民革命军事博物馆里，停放着一辆颇具年代感的"铁家伙"，它有一个响当当的名字——"功臣号"，编号"102"，这是人民军队的第一辆坦克。而那位曾经驾驭着它威风凛凛、所向披靡的坦克英雄，正是装甲兵部队的第一位全国战斗英雄——董来扶。

1929年，董来扶出生在山东省的一个农民家庭，由于家境贫困，十几岁的他独自到沈阳谋生，在一家日本钢材厂当整理工。1945年，董来扶在沈阳入伍，后来被

越是艰险，越要向前

东北人民自治军司令部的高克带走，担任其警卫员。

那时，沈阳有一家日军坦克修理厂，在日本投降后，那里遗留的坦克成了人人都想接收的宝贝。经过谋划，董来扶和另外几名战士跟随高克扮作修理工，悄悄混进这个刚被国民党军控制的日军坦克修理厂。董来扶瞅准时机迅速钻进一辆坦克，拉起操纵杆，踩紧油门便往外冲。当国民党官兵回过神来准备开枪阻拦时，坦克早已不见踪影。董来扶驾驶着坦克一路向前，很快便隐藏在一家工厂中，但是另一辆编号101的坦克在转移过程中遭到了敌人的破坏，唯一完好的102号坦克在董来扶的操纵下完成了安全转移。

1948年秋，东北野战军南下锦州，包围了国民党范汉杰集团的十万大军。锦州一战，关系东北全境乃至整个解放战争。董来扶跟随部队参战，总攻开始，他猛烈开炮，成功击毁敌人两辆坦克，并配合步兵快速击溃了敌人布置在新城的防线。经过一天一夜的巷战，东北野战军终于占领了锦州新城，但在攻坚老城时，战斗进行得异常艰难，董来扶驾驶的"102"被卡在了沟里。此时，部队正在向敌人的碉堡冲锋，在敌人炮火的猛烈攻击之下，战友们相继倒下。董来扶见状，无惧从头顶嗖嗖擦过的子弹，无惧不知从何处落下的炮弹，毅然决然

董来扶：所向披靡的坦克英雄

地钻出"102"，滑进车底排除故障，终于，"102"在董来扶的抢救下动了起来。他随即钻进"102"迅速向前冲，仅用几枚炮弹便打掉了敌军碉堡，但"102"不幸被敌人的一枚炮弹击中了，坦克顶端的钢板被打穿。董来扶没有退缩，而是借此判明敌人的火力方位，将"102"原地转弯，一炮就将敌人的战防炮送上了天。就这样，董来扶驾驶"102"在锦州城打了一圈，又打掉敌人的一个活动暗堡、三个地堡和一个炮楼。战后，董来扶被记大功一次，"102"被命名为"功臣号"。

董来扶稍事休整后，便随部队入关，参加平津战役。在攻打天津的战斗中，董来扶又驾驶"功臣号"配合步兵冲击，在西营门连续打掉敌人的明堡、暗堡，不断向纵深突破，攻克了无数碉堡和火力点，终于，东西两路大军会师金汤桥，全面解放了天津。

在开国大典上，董来扶驾驶"功臣号"行进在坦克方队的最前面，接受党和国家领导人的检阅。后来，他参加抗美援朝战争，再次立下赫赫战功。

阅读启示

董来扶凭借勇往直前的战斗精神，用坦克冲破敌人的堡垒，将战旗插在胜利的高地。他的英雄事迹激励我们不断向前，沿着先辈们的足迹继续攻坚克难。

| 越是艰险，越要向前

拓展延伸

1959年，我国自主生产的第一代59式坦克开始列装部队。从此，"功臣号"光荣退役，但"功臣号"作为一个有着光荣历史的车号，在第八十一集团军某旅坦克五连编制序列中一直延续至今。

郭俊卿：屡建奇功的"现代花木兰"

当时任军长的贺晋年得知郭俊卿是女儿身时说："她是巾帼英雄，是现代的花木兰，是我们军的骄傲！"毛泽东主席对郭俊卿也不吝赞美："巾帼不让须眉，是一位合格的共产主义战士！"凌源市红色收藏展览馆馆长祁迹评价郭俊卿的一生是英雄的一生，郭俊卿不计功名的人生态度，为后人树立起崇高而又朴实无华的榜样。

郭俊卿，1931年出生在辽宁省，那一年日军侵占了

越是艰险，越要向前

东北，老百姓生活在水深火热之中。在郭俊卿的记忆中，儿时总是缺衣少食，还要跟着大人种地、放牛、拾柴火，唯一的乐趣就是与小伙伴们在乡野中玩耍，而日军时不时的"扫荡"让她的童年变得恐怖。

郭俊卿7岁那年，家乡遭遇大雨，洪水将她家的草房和田地冲毁，她与家人逃难到内蒙古大草原，迫不得已住进了地主家的破屋。没几年，郭俊卿的父亲便去世了，她只好剃光头，女扮男装外出打工。不久，她3岁的妹妹也因疾病夭折了。郭俊卿恨透了日军，更恨透了剥削穷人的地主。

1945年，八路军的队伍经过县城，鼓励老百姓踊跃参军。为了替父亲报仇，14岁的郭俊卿隐瞒了自己的性别，故意将年龄虚报了两岁，用假名"郭富"参加了八路军。由于郭俊卿在新兵连表现突出，加上其身材娇小比较灵活的特征，组织安排她做通信兵。从未接触过骑术的郭俊卿，加班加点训练，迅速在通信兵队伍中出类拔萃。

1946年，全面内战爆发，国民党勾结当地土匪，向郭俊卿所在的部队发起进攻。部队由于寡不敌众，迫切需要远在30公里之外的大部队增援。还在睡梦中的郭俊卿被叫醒，部队将紧急求援的重任交给她，并要求她必须在4小时内将信件送到。郭俊卿毫不犹豫地接下任务："保证完成任务！"东北的腊月飞雪连天，地面覆

郭俊卿：屡建奇功的"现代花木兰"

盖了厚厚的一层雪。郭俊卿骑马跑到半路，由于山路崎岖再加上大雪封山，不得不牵着马走。虽然路途艰难，但她还是克服重重困难，出色地完成了任务。返回的路上，战马因过度疲劳累死了。由于援兵及时赶到，部队一举将这一波国民党军和土匪击溃，郭俊卿因此被记一功。1947年6月，郭俊卿光荣地加入了中国共产党。

1948年初，由于部队收缴的电台越来越多，通信兵慢慢被电台替代，屡立战功的郭俊卿被调任东北野战军某部三连四班任班长。在平泉战役中，面对数倍于己的敌人，郭俊卿扛着红旗，带领突击班冲在最前面。当副班长中弹牺牲时，她愤怒地大喊："为副班长报仇！冲啊！"战士们的血性被激发出来，跟随她与敌人展开白刃战，并取得了战斗的胜利。四班因战斗勇猛获得了"战斗模范班"荣誉称号。在辽沈战役中，为了牵制锦西的敌人，郭俊卿所在部队以2000多兵力阻击10000多敌人，双方一开始就进入了白刃战，战斗结束后，部队仅剩下几百人。

在部队的生活中，郭俊卿从不与其他战士一起洗澡、上厕所，睡觉的时候也从不脱衣服，战友们嬉闹时，她总是躲躲闪闪，用各种方式搪塞过去，因此她的性别始终没有暴露。郭俊卿特别关心自己的战友，经常帮助战友们做饭、敷药，在寒冷的冬天背伤员过河，甚至因此终身不育。

越是艰险，越要向前

1950年，郭俊卿由于积劳成疾住进了医院，这才暴露了性别的秘密。后来，郭俊卿作为全国女战斗英雄，出席全国战斗英雄代表会议，并受到毛泽东、周恩来等领导人的亲切接见。

阅读启示

郭俊卿是现代版的铁血花木兰，她出身贫寒，女扮男装，因父从军，在每一个战斗岗位上，都不让须眉，立下赫赫战功。她关心战友，从不计功名，她的精神和事迹值得我们歌颂和赞扬。

拓展延伸

郭俊卿，1947年加入中国共产党，曾荣立特等功1次、大功3次、小功4次，被中央军委授予"全国女战斗英雄""现代花木兰"荣誉称号。2009年，郭俊卿被列入"100位为新中国成立作出突出贡献的英雄模范"。她还是著名小说和电影《战火中的青春》中主人公高山的生活原型。

邰喜德："当代赵子龙"

在《三国演义》中，赵子龙血战长坂坡，白马银枪，所向披靡，在百万军中七进七出，单骑救主。在解放战争中，骑兵英雄邰喜德单刀跨马冲入敌阵，左劈右砍，毙敌40余人，堪称"当代赵子龙"。

邰喜德，蒙古族，1945年10月参加东北抗日联军。经过党的教育，性格刚烈的邰喜德疾恶如仇，心怀对人民的无限热爱。邰喜德刚到部队时，部队由于缺乏现代化的军事训练，便请苏联红军派人帮助训练。当时，一

越是艰险，越要向前

名苏联教官看到老百姓家的一头猪，举枪就要射杀。在物资匮乏的年代，一头猪对老百姓来说是极其宝贵的财产。郅喜德气得睁圆了眼，他决不允许侵害人民财产的事情发生在人民军队。眼看劝说无果，郅喜德用刚学会的几句俄语，命令苏联教官放下枪，苏联教官却不以为意。郅喜德见状，迅速拔出手枪，严肃地说道："你打死老百姓的猪，我就打死你。"结果，苏联教官只好乖乖地放下枪，气冲冲地离开了。

1946年4月，第二次解放齐齐哈尔的战斗打响，郅喜德担任尖刀组组长，奉命攻占位于齐齐哈尔东南部的八里岗子制高点。这个制高点是敌人重点防守的要地，守卫数量众多。总攻开始前，郅喜德首先向战士们详细分析了冲锋阵地的地形，然后向大家强调了自己在军校所学的战斗知识。凌晨，总攻开始了，郅喜德一马当先，带领尖刀组冲在最前面。轰鸣的炮火将天空照得透亮，敌人的前沿兵力瞬间被郅喜德冲散，10多个敌人放下武器举手投降。郅喜德正准备继续向前冲锋，不料迎面遇上了6辆敌军的增援汽车。郅喜德迅速占领有利地形与敌人进行战斗，激战中，他带领的两名战士不幸牺牲。他边开枪边喊话，用身上仅有的4颗手榴弹，击溃了敌人。这一战，郅喜德的尖刀组活捉敌军少将一人，招降百余人。另外，尖刀组还缴获汽车6辆、炮4门、机枪8挺。

邰喜德："当代赵子龙"

凭借扎实的骑兵功夫和深厚的军事知识，再加上丰富的战斗经验，邰喜德很快成长为一名优秀的青年军事干部。1947年，四平战役打响，战斗很快进入残酷的白刃战阶段，负责主攻的连队两次冲锋均以失败告终，无一人生还。邰喜德不停地向团长请求："让我带队冲锋吧！二连是我训练出来的，让我打头阵，一定能冲上去撕开个口子。"血战在即，团长心里再清楚不过了，战况如此胶着，只有把最能打、最不怕牺牲的兵用在这个关键的节骨眼上，才能获得胜利。最终，团长同意了邰喜德的请求。发起攻击前，邰喜德看着一个个熟悉的面孔作战斗动员："同志们！前方就是一条赴死的路，但是我们的任务是勇往直前，冲上去，消灭敌人！不管遇到什么情况，都不能离开自己的战马！就是死，也要死在马上，上马！"冲锋的号角一吹响，邰喜德高喊："同志们，活在马上，死在马上，马刀见血，为人民立功，冲啊！"他挥舞马刀，率先冲入敌阵，一阵左突右冲后，砍倒了3个敌军机枪手。由于后续部队还未跟上，邰喜德冲出敌阵后一勒缰绳，看见敌人的重机枪火力点正猛烈地吐着火舌，便再次冲入敌阵消灭了敌人的重机枪手。就这样，邰喜德在敌阵中如入无人之境，数不清有多少次杀进杀出。战斗结束后，邰喜德的右胳膊已累得抬不起来了，只好用左手握着已经砍弯的马刀，身上的棉衣也溅满血污。经过清点，仅邰喜德一人就毙

107

越是艰险，越要向前

敌40余人，缴获轻机枪3挺、重机枪2挺、迫击炮2门。为表彰邰喜德立下的卓著功勋，东北民主联军授予他"战斗英雄"称号，记特等功一次，并在全军宣传他的英勇事迹。

1950年，邰喜德出席全国战斗英雄代表会议，被选为主席团成员。同年，著名画家徐悲鸿听说了邰喜德的英雄事迹后，专门赶往英雄驻地为其画像。

阅读启示

在战斗的紧要关头、在生死考验面前，邰喜德把对党和人民的忠诚化作勇敢和智慧，化作沉着、果断的行动，书写了"浴血战斗二百次，金戈铁马把敌杀"的传奇赞歌。直到今天，他英勇无畏的骑兵精神和共产主义情怀仍然指引着我们不惧困难，勇敢前行。

拓展延伸

邰喜德参加抗日联军后，身经200多次战斗，单枪匹马俘获上百敌人，可谓功勋卓著。他在全国战斗英雄代表会议上的发言《活在马上、死在马上、马上见红》令人心潮澎湃。

董存瑞：舍身炸碉堡

"为了新中国，冲啊！"1948年5月25日，年仅19岁的董存瑞为了人民的解放事业，拉响了手中的炸药包，敌人的碉堡瞬间轰塌。1957年5月，朱德为他题词"舍身为国，永垂不朽"。后来，聂荣臻也为他题词"舍己为国，人之楷模"。

董存瑞，出生在河北省，自幼家境贫寒，小时候读了几天书后就辍学跟随家人下地干农活了。董存瑞很小就参加了儿童团，十几岁便成为儿童团团长，屡次完成

越是艰险，越要向前

传递鸡毛信、火柴信的任务。"机灵、顽皮、胆子大，是南山堡的孩子王。"一起长大的小伙伴董连柱曾这样评价他。

凭借机灵勇敢的性格，董存瑞很快就崭露头角。有一次，中共龙延怀联合县第三区区委书记王平在南山堡村遭到日军追捕。董存瑞发现后，将王平藏在自己家的卷席里，帮助他成功躲过一劫。因此，董存瑞成了当之无愧的抗日小英雄。

董存瑞由此与王平结下了不解之缘，王平每次来到南山堡村，都是住在董存瑞家里，给他讲述共产党的抗日故事。后来，在一次开会途中，王平遭到叛徒出卖，被敌人团团包围，眼看突围无望，他拉响了手榴弹与敌人同归于尽。董存瑞得知这个消息后，悲痛不已，毅然加入民兵组织，很快就学会了埋地雷、割电线等技能，成为名副其实的小战士，开始了壮烈的革命生涯。

1945年7月，16岁的董存瑞参加了八路军，虽然年纪小，但每次冲锋陷阵都能看到他的身影。在察北重镇独石口遭遇战中，面对敌人机枪的疯狂扫射，他机智地从侧面穿插，绕到机枪手的左翼，飞身扑到敌人身上，死死地掐住了对方的脖子。经过激烈对抗，他缴获了一挺宝贵的重机枪，被记一次大功，并被授予"勇敢奖章"。

凭借聪敏的禀赋和勇敢的天性，董存瑞在人民军队

董存瑞：舍身炸碉堡

中很快脱颖而出。在长安岭阻击战中，战斗从一开始就进入白热化状态，由于敌人疯狂地进攻，董存瑞的班长倒在了敌人的枪林弹雨中，副班长也身受重伤。董存瑞悲愤不已："为班长报仇！我们冲啊！"听到董存瑞的呐喊声，战士们的战斗精神被彻底点燃了。董存瑞冲在最前面，带领战士们打退敌人的进攻，顺利完成阻击任务，立大功一次。1947年3月，董存瑞光荣加入中国共产党。

1948年5月，解放军进攻隆化县城的战斗打响，面对敌人碉堡的密集火力，解放军伤亡惨重，越来越多的战士倒在血泊里。距离发起总攻的时间越来越近，如果不能拔掉敌人的碉堡，解放军将付出惨重的伤亡代价。

作为战友们公认的"爆破元帅"，董存瑞夹着炸药包开始往前突破，战友们用机枪和手榴弹为他进行火力掩护。他突破到碉堡桥下，却发现桥下没有任何支撑物可以放置炸药。千钧一发之际，董存瑞毅然决然地用手举起了炸药包，用自己的身体当支架，他大声地喊道："为了新中国，冲啊！"敌人的碉堡被彻底炸毁，董存瑞也被炸得粉身碎骨。他的牺牲为攻击部队扫清了障碍，解放军一举拿下了隆化县城，歼敌守军1900余人。

董存瑞牺牲后，他所在的班被命名为"董存瑞班"，隆化中学改名为"存瑞中学"。

越是艰险，越要向前

阅读启示

董存瑞牺牲时只有19岁，他将自己年轻的生命献给新中国的解放事业！董存瑞舍身炸碉堡的英雄壮举，点燃了生生不息的精神火炬，树立了一座永恒的历史丰碑。时至今日，"董存瑞班"依然保留着他的床位，每天点名时，值班员点的第一个名字也是"董存瑞"。我们也要高擎英雄精神的火炬，照亮奋斗征程前行的路！

拓展延伸

董存瑞，曾荣立3次大功、4次小功，荣获3枚"勇敢奖章"和1枚"毛泽东奖章"。1950年，全国战斗英雄代表会议和全国工农兵劳动模范代表会议追认董存瑞为全国战斗英雄。

邱少云：青春之躯　无惧烈焰

在朝鲜391高地上，矗立着一座雄伟的石壁，上面镌刻着一行鲜艳夺目的红漆大字："为整体、为胜利而自我牺牲的伟大战士邱少云同志永垂不朽！"

1952年，朝鲜大地上枫叶已被染红，中国人民志愿军开始对敌人展开全线反击。许多友邻部队纷纷把战线向南推进，但邱少云所在的九连却一直没动。在九连阵地的正前方，就是391高地，它像一颗毒牙一样，揳入志愿军阵地，对志愿军的阵地安全造成了很大威胁。虽

113

越是艰险，越要向前

然志愿军部队的首长早就想拔了这颗"毒牙"，但391高地山势险峻，前面是一片长达3000多米的开阔地，这是拔掉"毒牙"的最大障碍。志愿军部队的首长经过反复推演，制定了潜伏作战方案，决定出奇制胜，直接拿下391高地。可这个作战方案最大的难点在于，担任冲击任务的500余名战士，需要借助夜色进入开阔地，在敌人的眼皮底下进行潜伏，直到第二天的清晨发起进攻。在此过程中，只要有一人不慎暴露目标，整个作战计划就会失败，几百人将面临全军覆没的危险。因此，首长多次重申潜伏纪律：为了确保胜利，不许开枪，不许发出声响，不许有大的身体动作。

入夜之后，敌人的值班机枪响过，阵地上开始陷入沉寂。邱少云所在的一排像幽灵一样，悄无声息地向391高地前进，直到能够清晰地看见敌人地堡的射击孔。四周传来急切的鸟叫声，这是同志们的联络暗号，邱少云回头看了一眼隐蔽好的战友们，突然意识到周遭的岩石都披上了厚厚的寒霜，这深秋，肃杀且寒。

敌人的侦察飞机在空中盘旋了一阵，例行扫射后，没有发现异常情况，便返航了。泥石、弹片如暴雨一般打落在战士们的身上，但他们纹丝不动，因为他们心中都秉持着同一个信念，那就是一定要严守潜伏纪律。战士们用目光相互鼓劲，谁也不敢动弹一下。

突然，几声炸响过后，草丛中腾起数团火焰，浓浓

邱少云：青春之躯　无惧烈焰

的黑烟直冲云天。"畜生！"正用望远镜注视潜伏区域的指挥员不禁骂道——敌人竟然发射了燃烧弹！指挥所的电话炸开了锅，营连纷纷请求在白天发起攻击。每名指挥员心里都很清楚，如果在这时发起攻击，潜伏的战士们无疑将成为敌人的靶子，整个潜伏部队将面临覆灭的危险。可如果置之不理，燃烧起来的枯草就会引燃战士。就在这时，一枚燃烧弹落在邱少云附近，烈火迅速蔓延到他身边，伪装网、棉衣、棉裤直至肉身。邱少云已经下定牺牲的决心，哪怕身体被火焰一点点吞噬。

在距离发起总攻还有7个多小时的这一刻，时间静止了！战友们的心都要碎了，他们眼睁睁地看着烈火不断爬上邱少云的身体，燃烧到他的头发、脸庞，最后彻底吞噬了这个年轻的生命。在熊熊烈火中，邱少云自始至终纹丝不动。这个年轻的士兵，用不可想象的意志力，保护了整个潜伏部队，保护了整个作战计划。

阅读启示

邱少云烈士用自己的行动揭示了"纹丝不动"潜伏纪律的真谛。在烈火烧身时，他心中想到的是战友的安全，是战斗的胜利。在烈火中坚强，在烈火中永生，这种以生命赴使命的崇高精神，值得我们每一个人铭记。

| 越是艰险,越要向前

拓展延伸

诗人郭沫若在听到邱少云烈士的事迹后,感慨万千,写下了题为《咏邱少云烈士》的赞颂诗句:"援朝抗美弟兄多,烈士少云事可歌。高地名传三九一,寇军徒念阿弥陀。戳穿纸虎功长在,缚住苍龙志不磨。邻国金星留纪念,英雄肝胆壮山河。"

黄继光：胸膛堵枪眼的孤胆英雄

中国人民志愿军第十五军四十五师一三五团二营的通信员黄继光，是个什么都想学的急性子。刚到朝鲜战场的时候，他先是跟着报务员学报务，报务还没有学明白又跟着电话员学接线，后来见冲锋班搞射击演习，他琢磨着射击能更快更准杀敌，便跟着冲锋班去学射击……班长见状，严厉批评他："一会儿学这个，一会儿学那个，我看你一样也学不会！学本领就好比打井，东一锄头，西一铁锹，能打出水吗？你是通信员，当务

越是艰险，越要向前

之急是要把通信技能练好。记住，欲速则不达！"黄继光有些委屈地点了点头。从这之后，他开始潜心练习专业本领，终于熟练掌握了通信技能。

1952年10月，一三五团开赴五圣山前线，他们的任务是坚守597.9高地和537.7高地。随着停战谈判陷入僵局，以美国为首的"联合国军"不断加大火力攻势，试图用飞机大炮来争夺战场的主动权，导致上甘岭战役爆发。不到两天时间，敌人就向志愿军阵地疯狂倾泻190多万枚炮弹。仅仅在不到4平方千米的高地上，敌人就陆续投入6万多兵力，并在飞机、坦克和大炮的掩护下，与志愿军反复争夺阵地。在数不清的炮弹轰炸下，上甘岭高地的岩石被炸成粉末，山峰被削成平地，战况十分惨烈。

第五天夜里，二营开始向597.9高地的制高点零号阵地发起进攻。通往零号阵地的山梁两侧是悬崖绝壁，而敌人的火力早已覆盖这片区域。参谋长急得两眼发红，前期组织的多次强攻都失利了，人员伤亡严重，可要是天亮以前志愿军拿不下零号阵地，整个战线就会受到重大威胁。"调无后坐力炮上来，我就不信打不下这个火力点！"参谋长吼道。在敌人炮群的猛烈压制下，炮手还来不及攻下敌方火力点便牺牲了。情急之下，黄继光主动请缨爆破火力点，参谋长犹豫片刻后答应了。黄继光和另外两名战士，向参谋长庄严地敬了军礼，便转身

黄继光：胸膛堵枪眼的孤胆英雄

跑出洞口。望着他们远去的身影，参谋长清楚地知道，这将是最后的诀别。

黄继光的策略是借助炮弹爆炸形成的烟雾进行冲锋，然后再借弹坑和尸体进行隐蔽，等炮弹再次爆炸之时，借烟雾继续往前冲，从而接近火力点。于是，在敌人尸体的掩护下，三人灵活地避开一枚又一枚炮弹。他们一点一点向前挪进，总算通过了山梁，并消灭了左右两个火力点。可在向最后一个堡垒出发时，三人的手榴弹却用光了。黄继光冒险从敌人尸体上搜集鸭嘴式手榴弹，同行的一位战友也想跟着捡，却不幸被敌人发现，牺牲在敌人的机枪下，另一位战友也倒在了去捡机枪的路上。

望着战友的尸体，黄继光来不及悲痛，他用目光默默地与战友作别，便义无反顾地继续向前爬。在距离中心火力点还剩10米时，爆炸后的烟雾散尽，敌人的探照灯一下子对准了黄继光。然而黄继光没有卧倒，他猛然挺直身子，用尽全身的力气将手榴弹掷出。"轰"的一声，敌人的火力点被淹没在一阵硝烟中。由于离火力点太近，他被冲击波震晕在地上，左臂也被打穿，胸部、腹部都在不停流血，他疼得无法动弹，只觉得眼皮越来越沉，意识也渐渐失去。短暂的寂静过后，敌人的火力点又开始喷射火舌，原来还有一挺机枪没有被炸毁。机枪的扫射声唤醒了黄继光，他远远望见己方增援

越是艰险,越要向前

部队被阻挡在炮火之外。黄继光知道眼下已经没有可以对抗的武器了,此刻,他比以往任何时候都要坚定、果敢,他艰难地张开双臂,用血淋淋的胸膛去抵住那个疯狂喷射的火舌,他的肉身如铜墙铁壁一般,将火舌骤然扑灭……

阅读启示

黄继光用自己的生命铺就了一条胜利之路,这种舍生忘死、英勇无畏的精神凝固成中华民族的精神底色,指引着我们在中华民族伟大复兴之路上阔步前进!

拓展延伸

黄继光牺牲后,被追授"特级英雄"荣誉称号。1962年,四川省建立了黄继光纪念馆,朱德、郭沫若等人为之题词。

杨根思：战斗英雄　爆破之王

1950年11月29日，在抗美援朝东南侧小高岭战斗中，杨根思发出了"三个不相信"的宣言："不相信有完不成的任务、不相信有克服不了的困难、不相信有战胜不了的敌人。"在阵地上只剩他一名战斗人员的情况下，他抱起炸药包跳入敌群，与40多个敌人同归于尽，为国捐躯。彭德怀赞誉杨根思是"中国人民的优秀儿子，国际主义的伟大战士，志愿军的模范指挥员"。

1922年，杨根思出生在江苏省一个贫苦农民家庭，

越是艰险，越要向前

8岁那年父亲在晒谷场的麦垛旁活活累死，身体羸弱的母亲抑郁而亡。迫于生计，杨根思只能到地主家里当"牛倌"，后来又到哥哥所在的上海某地毯厂打工。地毯厂倒闭后，兄弟二人便回到老家。哥哥因为打工落下疾病，回乡不久便去世了，生活的悲苦让杨根思对万恶的旧社会深恶痛绝。

1944年，杨根思报名参加新四军，从此开始了南征北战、光辉神勇的一生。由于新四军枪支匮乏，"新兵蛋子"杨根思只能手持长矛上战场，本是排在队伍后面学习打仗，却左突右冲，硬是凭借惊人的速度，从队伍后面冲到了最前面。看到敌人残部开始逃跑，杨根思更兴奋了，追上一个敌人，便火速用长矛顶住敌人的腰："站住不许动！举起手来！"对方以为是一把枪便乖乖投降，就这样，杨根思缴获了战斗生涯的第一支枪。

1946年，在攻打泰安的战斗中，敌人占据高点要塞位置，杨根思所在的部队冲锋了几次未能突破，伤亡惨重，杨根思的左脸被子弹击中，血肉模糊。队伍若继续强攻，将会有更大的损失，只有用手榴弹先干掉一部分敌人，才能在进攻时减少伤亡，而投弹手需要向前推进一段距离，才有可能将手榴弹扔过去。作为最佳投弹手，杨根思主动请战，但由于伤情严重，鲜血直流，需要战友先为他包扎左脸。在班长的指引和战友的掩护下，杨根思不断往前推进，终于找到最佳投弹位置，将

杨根思：战斗英雄　爆破之王

手榴弹精准地扔进了敌人盘踞的位置。随后，战友们发起总攻，赢得了胜利，杨根思获得"战斗英雄"称号。

1947年1月，在齐村战斗中，由于敌人碉堡工事牢固，杨根思所在部队的进攻五天都没有进展。刚刚晋升为副班长的杨根思接到了团长的命令——炸掉敌人的碉堡。杨根思抱着炸药包冲到碉堡旁边，听到碉堡里的敌人想投降，但敌军长官不同意。杨根思抓住时机，抱着炸药包跳进碉堡，一个人俘虏了一个排。此战后他被授予"华东一级人民英雄"称号。

后来，杨根思追随中国人民志愿军跨过鸭绿江，参加抗美援朝战争。1950年11月，杨根思奉命率三连三排的战士攻占并坚守小高岭阵地，他对战士们说："人在阵地在！"战役一开始便极其激烈，敌人对志愿军发动多次疯狂进攻，由于敌人的武器装备占有巨大优势，再加上天寒地冻，志愿军的御寒服装和补给严重不足，志愿军在此战中伤亡惨重。

在连续被打退8次进攻后，敌人又发起了第9次进攻，飞机和重炮不间断地朝小高岭阵地发射炮弹，杨根思沉着应战。敌人的炮火越来越猛烈，三排的战斗人员只剩下杨根思了，40多个敌人向小高岭阵地逼近，紧急时刻，杨根思抱起炸药包，拉起导火索，向敌人冲去，与敌人同归于尽……

越是艰险，越要向前

阅读启示

杨根思出身贫寒，少年时代受尽剥削和压迫，父母、哥哥均在旧社会的压迫中离世。杨根思立志参军，改变充满剥削压迫的旧社会。他英勇神武，出生入死，为祖国献出了宝贵的生命。杨根思的精神至今仍然鼓舞着我们勇敢向前，不怕困难！

拓展延伸

杨根思，1945年加入中国共产党，曾被授予"华东一级战斗英雄""全国战斗英雄""中国人民志愿军特级战斗英雄""朝鲜民主主义人民共和国英雄""100位新中国成立以来感动中国人物"等荣誉称号，其所在的连被命名为"杨根思连"。

杨连第：登高英雄　智勇双全

"千条万条，运输第一条。"这是抗美援朝战争中，中国人民志愿军的一句响亮口号。面对敌人的狂轰滥炸，志愿军铁道兵用血肉身躯铸就了钢铁长城，建起了一条"打不烂、炸不断的钢铁运输线"，为己方军队的后勤补给提供了坚实保障。在志愿军铁道兵中，有一位登高英雄杨连第（原名杨连弟），他的事迹至今仍然感染着我们。

1919年，杨连第出生在天津市一个贫苦家庭，曾经

越是艰险，越要向前

干过很多工作，却始终找不到一份可以安身立命、养家糊口的工作，年少的他饱尝底层社会的艰辛。

1949年，杨连第成为一名中国人民解放军铁道兵。同年，解放军挺进大西北，铁道兵奉命抢修曾多次遭遇战火的陇海铁路8号桥。杨连第发挥做过电工的优势，用长杆绑上钩子，钩着夹板上的圆孔配合云梯，一节一节爬上40多米的桥墩，帮助队伍解决修复难题，使大桥提前20天顺利通车。杨连第因此被授予"登高英雄"光荣称号。

抗美援朝战争爆发后，杨连第加入中国人民志愿军进入朝鲜，开始了新的战斗生涯。杨连第所在的部队到达沸流江边时，敌人已将江上的桥炸坏，阻断了志愿军的补给线。上级要求在7日内修复大桥，杨连第作为修桥技术骨干，被抽调参与大桥的修复。志愿军为了躲避敌人的空中轰炸，刚开始修复大桥时只能选择夜间作业，但这样修复效率低，速度慢。眼看距离上级要求的时间越来越近，杨连第急中生智，提出利用白天敌人空中轰炸之后的间隙进行作业，并在征得领导同意后立刻执行，这个方法使修桥速度得到了明显提升。杨连第为了保证修桥进度，即使敌人的轰炸机来了，也不顾个人安危，仍然坚持作业，最终提前3天完成修复任务。岸边堆积的粮食、弹药重新被送往前线。

为了进一步畅通补给线，保证在运输粮食、弹药、

杨连第：登高英雄　智勇双全

武器时不易被敌人发现，上级决定10日内在沸流江上修一座低矮的爬行桥。此时，已经是副班长的杨连第负责修建最艰难的一段，这段地面被冻得结结实实，战士们用镐打在地面上，火星四射，双手都被震麻了，作业收效甚微。情急之下，杨连第和战士们发明了"掏心去皮法"，即先把硬盖底下的土掏出来，然后把上面这层冻成硬盖的土揭开。这个方法大大提高了建桥速度，最终杨连第带领战士们提前3天完成任务。

1951年7月，清川江大桥被敌人炸毁，通往满浦、平壤铁路线的补给线被掐断。杨连第与战士们为了完成8天修复大桥的任务，想出了"搭浮桥"的办法。不料洪水异常凶猛，杨连第甚至被洪水冲出去100多米。他与战士们历经多次失败，才克服了洪水的冲击，使清川江大桥顺利通车，重新打通补给线。

1951年9月，杨连第被选为志愿军国庆观礼代表团代表，回北京参加国庆观礼，并出席全国铁路劳动模范代表大会。他在接受记者采访时说："我不是英雄，不要采访我，过了鸭绿江，人人都一样。"1952年3月，杨连第所在的代表团结束了在国内各地的活动，重返前线。

1952年5月15日，杨连第在检修清川江大桥时，一颗定时炸弹突然爆炸，夺走了这位登高英雄的生命，此时他才33岁。

越是艰险,越要向前

阅读启示

虽然这位登高英雄已经离开我们七十多年了,但是杨连第的"登高精神"一直都在。面临困难和危险,他开动大脑,想办法解决,不会因为遇到险情就临阵脱逃。他将全部勇敢和智慧献给祖国和人民,是永远的英雄。

拓展延伸

杨连第,1951年加入中国共产党,曾荣获"登高英雄""中国人民志愿军一级英雄""朝鲜民主主义人民共和国英雄"等称号。他与杨根思、孙占元、黄继光、邱少云被誉为抗美援朝"五大烈士",2019年被评选为"最美奋斗者"。

唐章洪：给炮弹安上"眼睛"的炮手

16岁的新兵唐章洪作为部队少见的有初中学历的，入伍半年就把"弹道""密位"这些炮兵专业术语学得十分透彻。他第一次实弹打靶，就得了个"满堂红"，令整个迫击炮连的新兵羡慕不已。然而，第一次参加实战，唐章洪所在的小组却吃了大亏。1952年，在志愿军开展"冷枪冷炮运动"后，班长带着唐章洪和另外两名战士到敌军前沿阵地准备消灭几个敌人。在这之前，唐章洪早已经测定了阵地周围目标的距离，还写了小木牌

越是艰险，越要向前

戳在炮位上，并将这些数据记得滚瓜烂熟，因此他信心十足，拍着胸脯保证一定完成任务。最终，唐章洪四人将游动炮位选在448高地以东的一个小山包上，准备打击高地东南方向1800米处的村子。

架好炮之后，唐章洪四人迅速直接瞄准打出炮弹，炮弹发射出去以后，他们兴奋地探出头，想看看自己的"战果"。"战果"还没看到，震天动地的爆炸声就在他们身边响了。原来，这种"直接瞄准"的发射方式，一开炮就暴露了位置，敌人用威力更大的坦克炮迅速发起反击。霎时，唐章洪四人被埋在土里，唐章洪挣扎着从土里爬出来，和班长一起把两名负伤的战友抬进了防空洞。由于敌人的炮火十分猛烈，他和班长没办法在白天把伤员送下阵地，一直等到天黑，一名战友因失血过多，在转移的过程中不幸牺牲。这次战斗失利，成了唐章洪一生难以忘怀的伤痛，很多年后，他接受采访时谈起这次战斗，仍然神情黯然。

脑瓜灵活的唐章洪对此痛定思痛，认真总结教训，不断复盘一个又一个细节，终于总结出"深入前沿，假明真暗，流动多变，四打四不打，三快两准，一张一弛"的战斗经验。在接下来的六十多天里，唐章洪使用七十多枚炮弹，消灭了上百个敌人，创造了当时志愿军冷炮歼敌百名以上的最高纪录，荣获"杀敌百名狙击手"光荣称号，立一等功。

唐章洪：给炮弹安上"眼睛"的炮手

1952年10月14日，上甘岭战役爆发，敌人的强大火力让方圆几公里的山地都为之震动。阵地上每秒落弹6枚的火力密度，使志愿军炮兵根本看不清任何目标，只能按照预先标定的方位发射炮弹。第一轮发射，唐章洪就凭借脑中对射击目标的位置记忆，用血肉模糊的双手在短时间内发射200多枚炮弹。据前沿的通信员反馈，这些炮弹"像长了眼睛一样"落到敌群内。很快，炮管就被打得滚烫，必须立即降温，但是附近没有水源，唐章洪就和弹药手用尽各种方法为炮管降温。突然，敌人的一枚炮弹在唐章洪的工事右上方爆炸，他的头部多处被石块砸伤。当战友硬生生把唐章洪从土里刨出来时，他已经陷入昏迷。由于没有注射针，战友只好把急救药往唐章洪嘴里灌，幸运的是过了一段时间后他醒了过来。恢复意识的唐章洪大喊："炮呢？我的炮呢？"这时，通信员气喘吁吁地跑过来通知："前沿阵地失守，你们炮班必须在5分钟内发射完所有炮弹，退回连部主坑道。"这时的唐章洪满身是血，他忍着伤痛，在不到5分钟的时间里，硬是把剩下的20多枚炮弹全部打向敌人阵地。每一枚炮弹上，都沾满了唐章洪的血迹。上甘岭战役结束后，经过盘点，唐章洪的迫击炮在43天的战斗中打出8000多枚炮弹，歼敌400余人。中国人民志愿军总部为唐章洪记特等功一次，称赞他是"给炮弹安上'眼睛'的炮手"。

越是艰险，越要向前

阅读启示

"为党尽忠、为国效力、为民分忧"是唐章洪给自己定下的人生坐标，也是无数个拼搏在朝鲜战场上的英雄的行动坐标。正是这顽强不屈的精神信念造就了属于"唐章洪们"的神话。共产党人眼里没有"神"，但他们却是我们心目中伟岸的"神"。

拓展延伸

唐章洪自1951年进入朝鲜参与作战起，先后参战上百次，荣立特等功一次、一等功两次。在上甘岭战役中，唐章洪靠着手中的一门迫击炮有效阻滞了敌人的进攻。2020年8月，唐章洪被评为四川省模范退役军人。

张桃芳：上甘岭上的神枪手

张桃芳：上甘岭上的神枪手

"别信上帝了，你们的上帝净保佑我了。"这是上甘岭上的神枪手张桃芳调侃敌人的话。他曾在32天的时间里，用436发子弹击毙214个敌人，创下了志愿军朝鲜战场冷枪狙击射杀最高纪录。这就是张桃芳，身经百战，出生入死，在上甘岭最密集的炮火中，最终毫发无伤，全身而退。

1931年，张桃芳出生在江苏省一个贫苦农民家庭。长大后的张桃芳加入中国人民志愿军，进入朝鲜作战。

越是艰险，越要向前

部队分给张桃芳一支号称"水连珠"的莫辛-纳甘M1944型步枪，枪声清脆，连续发射时声音如同水珠溅落。在一次射击比赛中，张桃芳代表连队参加比赛，竟然发挥失常，全部脱靶，赛后还被连队罚去伙房做饭。这件事让他觉得很丢面子，他便开始研究这把枪。原来"水连珠"因后坐力大，子弹出膛时容易打偏，他开始废寝忘食地练习如何稳稳地控制"水连珠"的后坐力。

此时的朝鲜战场已经进入相持阶段，面对敌人的猛烈炮火，志愿军适时调整作战策略，开展"冷枪冷炮运动"。毛泽东主席给这种策略起了个形象的名字"零敲牛皮糖"，狙击战成为吃"牛皮糖"的重要方式。张桃芳被选入狙击手小组，他心里暗暗鼓劲，要与队友们好好教训一下气焰嚣张的敌人。

1953年1月，张桃芳随部队开赴上甘岭参加狙击战。两个目标敌人出现后，张桃芳连开几枪，非但没能击中敌人，反而暴露了自己的位置，好在躲避及时才得以逃脱。经此一战，性格要强的张桃芳十分郁闷，开始虚心向经验丰富的狙击手请教如何打移动靶，更是结合当地的地形地貌进行分析，慢慢形成自己的狙击心得，学会了计算运动距离差。

第二日的狙击战中，张桃芳成功射杀了一个敌人，却高兴不起来，原来他瞄准的是第一个敌人，阴差阳错打死了第二个敌人。这让他想起了老兵说过上山的敌人怎么打，下山的敌人怎么打……张桃芳经过反复思考、矫正，终于领悟了如何有效利用地形进行射击，一代"狙神"就此诞生！

在接下来的时间里，张桃芳用二百多发子弹，打死了几十个敌人。他还将自己的狙击经验分享给其他狙击手。二十四军《火线报》报道了"狙神"的传奇事迹，张桃芳成为朝鲜战场上赫赫有名的狙击英雄。二十四军军长皮定均不相信张桃芳如此神勇，就派人去现场察看，张桃芳当场干掉了3个敌人，皮定均便将自己舍不得穿的皮鞋送给了张桃芳。截至当年5月，张桃芳累计干掉214个敌人。

以机瞄对阵敌人的瞄准镜，张桃芳凭借精准的枪法和冷静的头脑，一次次与"死神"擦肩而过，将对面的敌人干掉，自己却毫发无损，全身而退。生前接受采访时，张桃芳讲到与敌人对决时惊险的一幕："当时我打出去的枪中了，敌人的机枪也响了，他在我后边，稍后一点，打来的子弹爆起来的土打在我的脸上，我现在好好地没事，可敌人倒下了。"

后来，组织出于保护的目的，将张桃芳调离前线。回国后，他转行成为一名飞行员。2007年，一代狙击英雄张桃芳病逝，走完了富有传奇色彩的一生。张桃芳的爱枪莫辛-纳甘M1944型步枪被珍藏在中国人民革命军事博物馆，记录着一代"狙神"的传奇故事。

越是艰险，越要向前

阅读启示

张桃芳出生在农民家庭，从小常看到日军侵略的场景，便在心中埋下了战斗的种子。到达朝鲜战场后，他凭借天生的狙击天赋和不断学习钻研的精神，成为一代"狙神"，他的事迹值得被后人铭记。

拓展延伸

张桃芳，中国著名狙击手，被誉为"冷枪英雄""志愿军神枪手"。中国人民志愿军总部为张桃芳记特等功，并授予他"二级狙击英雄"荣誉称号。朝鲜民主主义人民共和国最高人民会议常任委员会授予张桃芳"一级国旗勋章"。

杨育才：虎口拔牙 奇袭白虎团

现代京剧《奇袭白虎团》讲述了抗美援朝战争中，敌人蓄意破坏和谈，李承晚指挥王牌部队白虎团屡屡越过"三八线"，妄图扩大领土范围，志愿军侦察排副排长严伟才，率领侦察队化装成敌军，用"斩首"战术，直插敌人心脏，生擒白虎团团长和美国顾问的故事。严伟才的原型正是中国人民志愿军英雄杨育才。

1926年，杨育才出生在陕西省一个贫苦的农民家庭。1949年，他参加中国人民解放军，次年便加入中国

越是艰险，越要向前

共产党。1951年，他参加中国人民志愿军赴朝作战。

杨育才从小放羊练就了"飞毛腿"的本领，在山上奔跑，可以做到没有任何声音，因此，上级就选派他担任通信员。经过两年战火的洗礼，杨育才成长为一名优秀的侦察排排长。在金城战役中，为了干掉白虎团，志愿军决定选派一支特种小分队，迅速穿插到敌人阵地，"斩首"敌人的指挥部，实现虎口拔牙。上级思来想去，决定把"斩首"行动交给经验丰富的侦察排排长杨育才。

1953年7月，杨育才乔扮成美军顾问，跟随他执行任务的12名侦察员则乔扮成护送美军顾问的敌军，不断迂回着向白虎团指挥部逼近。突然，敌人一枚炮弹在不远处爆炸，趁着爆炸的火光，杨育才发现小分队中竟然多了一个人！大家顿时警觉起来，经盘查得知，此人是一个落单的敌军士兵。

杨育才迅速作出反应，让战士们把敌军士兵绑了起来，并问："你们的口令是什么？"敌军士兵吞吞吐吐地说出了口令。杨育才拿着刀顶在敌军士兵的脖子上说："你要是说谎，我就把你的血放干净！"敌军士兵吓得腿都软了，瘫坐在地上回答："长官，是真的！"为了验证口令是否正确，杨育才带领一名战士故意接近敌军哨兵，双方对完口令后，敌军哨兵友好地招了招

杨育才：虎口拔牙　奇袭白虎团

手，杨育才便放心地带着队伍继续前行。

潜伏了一会儿，杨育才一行人终于趁着暗夜穿过公路，远远看到白虎团指挥部里面亮着灯，几个敌军军官正在开会布置作战任务。杨育才命令小分队兵分三路，巧妙地将白虎团指挥部包围起来。三路士兵同时冲进白虎团指挥部后，里面的官员惊慌失措，竟然有敌军军官大喊："自己人！打错了！"这些敌人哪能想到对面正是要全歼他们的志愿军！战斗仅持续了十几分钟，杨育才便带领小分队毙伤97个敌人，缴获李承晚授予白虎团的虎头旗，圆满完成突袭任务，为金城战役胜利作出突出贡献。

奇袭白虎团后，杨育才被擢升为副连长，回国后在济南军区继续担任副连长。1964年，毛泽东主席在北戴河观看京剧《奇袭白虎团》时问："剧中的严伟才确有其人吗？主人公还在吗？现在担任什么职务？"陪同毛泽东主席观看演出的工作人员没有回答上来，后来经过认真核实，他们终于找到了杨育才，并得知杨育才升任副连长后，由于曾经被国民党强行抓壮丁，有过短暂的国民党部队经历，在当时政审甚严的情况下，一直进步缓慢。组织不愿埋没一个对国家作出贡献的优秀人才，便在此后的日子里，让杨育才获得应有的提拔。

越是艰险，越要向前

阅读启示

杨育才出身贫苦，从小成长在单亲家庭，后来父亲也去世了，在时代的洪流中吃尽了苦头，直到加入中国人民解放军和中国人民志愿军，才过上好日子并成长为一级战斗英雄！他的事迹告诉我们，只有在中国共产党的领导下，中国人民才能真正当家作主！

拓展延伸

杨育才，1950年加入中国共产党，曾荣获"一级战斗英雄"称号。朝鲜民主主义人民共和国最高人民会议常任委员会授予他"朝鲜民主主义人民共和国英雄"称号和"金星奖章""一级国旗勋章"。

张积慧：鸭绿江上的"长空雄鹰"

中国人民志愿军入朝作战之初，由于缺乏空中力量，在战斗中吃了很大的亏。在长津湖战役中，美军甚至在志愿军的紧密包围和猛烈炮火轰击下，抢修机场，并顺利用运输机将陆战一师的4000多人撤走，志愿军对此却毫无办法。

为此，志愿军空军推行"在实战中锻炼、在战斗中成长"的计划。张积慧就是中国共产党领导下成长起来的第一代飞行员，他虽然飞行时间仅有100小时，但已

越是艰险，越要向前

经算是志愿军空军的"老鸟"了。1952年初，美军的王牌飞行员戴维斯来到朝鲜战场，这位"王牌"在二战中参加战斗飞行266次，被美军称为"空中英雄""米格机猎手"，是美军飞行员王牌中的王牌。

2月10日，"老鸟"和"王牌"相遇了。志愿军雷达发现，美军两批轰炸机在战斗机的掩护下，向志愿军腹地飞来，气势汹汹地轰炸军隅里附近的铁路线。志愿军空军第四师两个团的飞机编队果断升空，张积慧和僚机驾驶员单子玉担任掩护任务，张积慧下定决心要打下美军的飞机，挫一挫他们的锐气。

"敌机来了！"张积慧率先发出警报。在远方海面上发现了一道白色烟迹，很像喷气式飞机的尾气，张积慧立即向编队长机报告，很快，美军的战斗机群迎面进攻而来。张积慧和单子玉立即按命令抛掉副油箱，爬升高度，抢占优势位置。当他们的飞机爬升至10000米时，敌机却突然不见了。张积慧发现自己的飞机和僚机由于爬升太快，已经脱离了编队。在茫茫高空中，这种情况是非常危险的，两人立即加速追赶编队。不料危险突然发生，美军的多架战斗机对他俩的飞机已经形成包围态势，其中两架战斗机已经绕到了两人的飞机背后，准备实施"咬尾"。狡猾的戴维斯对此万分得意，认为已经胜券在握了。就在戴维斯按下机炮发射按钮的瞬间，张积慧的飞机和僚机突然直角右转，然后急速攀

张积慧：鸭绿江上的"长空雄鹰"

升，躲开了戴维斯编队的"咬尾"炮火。戴维斯的飞机和僚机猝不及防，一下子从张积慧和单子玉的飞机下方穿了过去。张积慧又命令单子玉紧急减速，稳稳地在后方跟住戴维斯的飞机及其僚机，实现反"咬尾"。就在这生死一瞬间，形势立转、攻守易位，这下轮到戴维斯紧张了。很快，美军的飞机编队赶来救援，单子玉一个紧急加速，飞机爬升高度后又迅速向下俯冲，迎着敌机群撞去，敌机紧急躲避，瞬间被冲散。张积慧则紧紧盯着戴维斯，这位王牌中的王牌果然名不虚传，戴维斯在张积慧即将按下机炮发射按钮时迅速做出动作，瞬间便完成急速俯冲、快速上升、剧烈自由摆动等动作，使张积慧打出的炮弹落空。但戴维斯侥幸不了多久，张积慧沉着地压住机头，再次逼近戴维斯，在达到600米距离时，套准瞄准环，瞬间三炮齐发，绝不给戴维斯再次逃窜的机会。"砰砰砰"三下，戴维斯驾驶的F-86战斗机在冒出一阵黑烟后爆炸解体，这位骄傲的美国空军王牌飞行员根本没有跳伞逃生的机会。

张积慧和单子玉来不及高兴，在双拳难敌四手的劣势中，二人又击落一架美军战斗机，张积慧被迫跳伞，单子玉为了掩护张积慧壮烈牺牲。

很快，志愿军就发现了戴维斯战斗机的残骸和遗物。戴维斯被击落的消息迅速在世界各大报刊登出，在国际上引起了强烈反响。美国远东空军司令威兰在

越是艰险，越要向前

"特别声明"中谈到，戴维斯被击落"是一个悲惨的损失""是对美国远东空军的一大打击"。美国空军参谋长范登堡不禁发出"几乎在一夜之间，中国便成了世界上空军力量最强大的国家之一"的感叹。

阅读启示

当战机冲上云霄时，生与死早已被置之度外。以张积慧为代表的中国空军飞行员无所畏惧、跃升冲锁，用向战而行的自信，经略每一寸天空。他们以义无反顾、快速果断、斩钉截铁的姿态，指引我们以无畏和赤诚，向着更伟大的胜利前进。

拓展延伸

张积慧，1945年参加八路军，同年入党。他作为祖国培养的第一代飞行员，在整个作战生涯中，共参加空战10余次，取得击落敌机4架、击伤敌机1架的辉煌战绩。击落美军王牌飞行员戴维斯后，张积慧荣立特等功，获"一级战斗英雄"称号。此后，他毕生为新中国空军建设奋斗，历任空军团长、师长、军长、副司令员等职务。

胡修道：单兵之王 "生死判官"

有一名战士，作为新兵第一次参加战斗，就打退强敌40余次进攻，歼敌280余人，创造了战争史上的奇迹。他的名字叫胡修道。

1952年11月，在抗美援朝战争中，新兵胡修道跟着班长坚守597.9高地的3号阵地。这是胡修道第一次和敌人正面交锋，班长看出他的紧张和忐忑，问道："敌人快上来了，怕不怕？"胡修道答："有点怕，敌人那么多，我们只有3个人。"班长回头拍拍他的肩膀："别

越是艰险，越要向前

看我们阵地上只有3个人，但是我们身后有千千万万的战友。"这时，在一通猛烈的炮火轰炸后，敌人开始试探性地进行攻击。这次战斗敌人不仅精心策划了数月，而且在战斗开始前几天，就对上甘岭高地进行了地毯式的轰炸。硝烟刚刚散去，一群敌人就如蚂蚁般向高地涌来，班长用手势告诉两名新兵先稳住。等到敌人进入投掷范围内，班长大喊一声："打！"胡修道猫着身子，不断将手榴弹、爆破筒往下扔，接连打退了敌人数次进攻。不远处的指挥所里突然传来一声大喊："9号阵地守不住了，快去支援！"于是，班长迅速赶去支援9号阵地。3号阵地上只剩下两名新兵，但两人并没有因为班长的离去而惊慌失措，他们有条不紊地使用"包饺子"打法，向敌人射击。

吃了几次亏后，狡猾的敌人眼看难以攻上3号阵地，便开始转换攻击方向。这时，胡修道发现面前的阵地突然变空旷了，心中有点疑惑："黑压压一片的敌人哪去了？"转头一看，原来成群的敌人已经涌上10号阵地的半山腰，而10号阵地上已经快没动静了。胡修道抱起机枪就向10号阵地冲过去，在密集的弹雨中，通过几个跃身，很快冲到10号阵地的猫耳洞。同时，排长也冲了过来，但还没停下脚步，就不幸中弹牺牲了。胡修道怒火中烧，端起机枪急速扫射，誓要为排长报仇，他打完一梭子子弹后，又抓起手榴弹往前扔。战友喊胡修道：单兵之王 "生死判官"

道："胡修道，连长命令你回3号阵地。"杀红了眼的胡修道根本听不见任何声音，直到被战友抱住，才缓过神来。

胡修道端起机枪跑向3号阵地，刚进入射击位置，就赶上了敌人的新一波进攻，他抓紧隐蔽在大石头后不停往敌人方向投手榴弹。打退敌人几次进攻后，胡修道始终担心10号阵地，不断观察整个战场的形势，果然，10号阵地又没声音了。胡修道再一次来到10号阵地时，敌人竟然出动飞机对山顶进行轰炸，几十辆坦克也开到了山脚下，企图发起猛攻。胡修道丝毫不惧，只等前面的敌人攻上高地，再架起机枪射击。就这样，胡修道在敌人飞机、坦克、步兵交织的火力网中来回穿梭，几乎打光了子弹，投空了手榴弹，终于坚持到援军赶来。援军冲上阵地时，胡修道已经变成了浑身焦黑的"炭人"，只有牙齿和眼睛还有一丝白色，衣服也变成了一堆碎布，但是好在他没有受致命伤。在这之后，美军内部纷纷传说，中国人民志愿军在上甘岭战场上，有一名"生死判官"。

阅读启示

经历战争的磨炼，是一名战士最快速的成长途径。胡修道用血肉之躯，凭借英勇顽强、不怕牺牲的战斗作风，阐释了志愿军"一不怕苦，二不怕死"的

| 越是艰险，越要向前

战斗精神。以胡修道为代表的志愿军将士的事迹不仅在全军上下引起了极大反响，更是彰显了不畏强暴、反抗强权的民族风骨。

拓展延伸

"金星奖章"是抗美援朝战争中，中国人民志愿军获得的朝方最高级别勋章。志愿军获此至高荣誉的仅有12人，这12人中，只有彭德怀、杨育才、胡修道3人生还回国，其余全部牺牲在朝鲜战场。

李延年：能文能武　英雄本色

"祖国会记得我们，亲人会感激我们，是我们让他们过上了和平幸福的日子，是我们让敌人知道，我们的国家无比强大，不容欺辱！"这是2021年大火的电视剧《功勋》中年轻指导员对全连战士的一段即兴动员，而这位主人公正是"共和国勋章"获得者李延年。

李延年，1928年11月出生在河北省一个贫苦的农民家庭，小时候由于家境贫寒，只好到大户人家放猪，成

越是艰险，越要向前

为一名小猪倌。后来，他到长春一个资本家开的粮食加工厂当学徒，想学个手艺养家糊口。这份工作说是当学徒，实际上他还要服侍老板，每天干杂活，干得不好，就要挨打受骂。苦日子让李延年的内心升腾起一股革命的火苗，他慢慢明白只有共产党来了，穷苦人才有希望。"跟着共产党为穷苦百姓打天下"，怀着这种朴素的想法，他萌生了参军的强烈愿望。

1945年10月，李延年在长春参军入伍，成为一名光荣的革命战士，正式开启了自己革命的一生。辽沈战役打响后，李延年跟随部队参加黑山阻击战，负责阻击数倍于己的敌人。那场战斗中，李延年和战友们坚守了3天，为友邻部队对敌人实施包围争取了宝贵时间。此后，战斗一场接着一场，他又参加了平津战役、湘西剿匪等，连连立功受奖。解放战争期间，他还在东北军政大学接受了系统的军事学习。

1951年3月，李延年随志愿军跨过鸭绿江。10月，李延年所在的营奉命对失守的346.6高地实施反击。面对美军的先进武器装备，李延年带领的七连晚上开始进攻，通过左侧迂回包抄达到近战的目的，大大削弱了美军飞机炮弹的优势，并最终拿下了一个山头。李延年迅速将拿下第一个山头的消息宣传出去，大大鼓舞了队伍士气。

李延年：能文能武　英雄本色

因为不能打主攻，七连的战士们有所抱怨，李延年发挥能文能武的领导能力："发牢骚算什么本事，有本事的把助攻打成主攻。"他的话一下子燃起了战士们的斗志，七连迅速攻占第二个、第三个、第四个山头。在剩下346.6高地主峰山头的时候，担任主攻任务的九连遭遇美军猛烈的炮火攻击，伤亡惨重，进攻被敌人阻断，仅仅攻上去一个班，七连果然打成了主攻。李延年带领战士们一鼓作气，夺回了346.6高地，经过浴血奋战，七连打退了敌人多次反扑，用行动诠释了"人在阵地在"的誓言。战后，李延年被记为特等功，并且获得了"一级英雄"称号。

抗美援朝战争胜利后，李延年继续留在部队，"作为一名老兵，党叫干啥就干啥"。1979年，这位已年过五旬的战斗英雄参加了边境作战，负责保障工作。离休后的李延年保持了一名老英雄的本色，在业余时间走进中小学宣讲红色文化，积极发挥余热，关心下一代成长。

在中华人民共和国成立70周年的时候，90多岁的老兵李延年，成为"共和国勋章"的首批获得者。"战友们的牺牲流血换来我们今天这么好的日子"，李延年认为荣誉是国家对所有烈士的褒奖，不仅属于他一个人，更应该属于那些牺牲的战友。

越是艰险，越要向前

阅读启示

李延年，一位高龄的战斗英雄，为建立新中国、保卫新中国出生入死，能文能武，屡立战功。离休之后，他初心不改，坚持宣讲革命传统，传承红色精神。他是用一生践行初心和使命的老党员，是我辈楷模，值得我们认真学习。

拓展延伸

李延年，1947年加入中国共产党，曾参加解放战争、抗美援朝战争等，被中国人民志愿军总部授予"一级英雄"称号，荣获"朝鲜民主主义人民共和国自由独立二级勋章""三级国旗勋章"。2019年9月17日，国家主席习近平签署主席令，授予李延年"共和国勋章"。2019年9月25日，李延年入选"最美奋斗者"名单。

王德明：用担架捍卫阵地

在朝鲜战场上，有一位了不起的英雄，用担架捍卫阵地，以担架员的身份抵御敌军，他就是被授予"一级英雄"称号的王德明。

王德明出生在山东省的一个贫苦农民家庭，自幼在乡间长大。解放战争时期，由于山东老家分了土地，心怀感激的王德明毫不犹豫地加入中国人民解放军，先后参加过淮海战役、渡江战役、上海战役等。王德明天生具有一种革命乐观主义精神，作战时总是冲在最前面，

越是艰险，越要向前

与敌搏杀时勇猛无畏，不惧生死。他胳膊、腿、腹部多处受伤，落下了残疾，并且伴有严重的神经性头痛。

抗美援朝战争爆发后，上级考虑到王德明的身体原因，不让他入朝作战。王德明得知情况后，多次坚决请求到前线："只要能上前线，让我干什么都行！"于是上级只好安排他作为担架员参战。抵达前线后，王德明心里乐开了花，抬担架虽然不能真刀真枪地打敌人，但同样能保家卫国，他跟战友们说："就算是当担架员，我也照样能立功！"

在第二次战役中，美军的武器装备、后勤补给优势明显，与志愿军弹药不足、缺衣少粮的情况形成鲜明对比，再加上五十年不遇的寒冬，志愿军穿着单衣，凭借钢铁般的战斗意志与美军展开殊死搏斗。王德明拖着伤痕累累的身体，在冰天雪地里穿梭，他的身体已经被冻透了，甚至失去了感觉。在全营只剩下这一副担架的情况下，他单枪匹马抢运下29名伤员，运送弹药34箱，为战斗的胜利立下大功。

在第四次战役中，美国第八集团军新任司令官李奇微发现了志愿军"礼拜攻势"问题，即志愿军因后勤补给不足其猛烈攻势只能维持一周，便命令部队要充分发挥空中和炮火优势对志愿军进行远距离攻击。飞机、重炮、坦克齐上阵，令志愿军伤亡惨重，王德明所在的连也不例外。美军还炸掉了汉滩江上的两座桥，妄图彻底

王德明：用担架捍卫阵地

切断志愿军的伤员、弹药和粮食的运输线。面对如此严峻的形势，王德明眼睛都不眨一下，就跳进了冰冷的汉滩江，周围的担架员也都被他的精神所感染，纷纷跳入水中，在密集的炮火中来回运送伤员和弹药。在4天的时间里，王德明先后下水18次，共抢运伤员18人，运送手榴弹36箱。

敌人的攻势越来越猛烈，王德明背着弹药到达阵地时，发现连长的肚皮已经被炸开，排级以上的干部要么牺牲，要么丧失了指挥战斗的能力，连队一时陷入了混乱。危急关头，王德明将手上的弹药扔在地上，抄起一挺机枪，大声喊了一句："大家不要慌，我是党员，是老兵，现在听我指挥！"他迅速将剩下的15名战士进行排兵布阵：两侧的士兵用机枪把敌人往中间赶，中间的士兵用手榴弹招呼敌人。战士们在王德明的带领下，打退了敌人两次进攻。敌人又要组织第三次进攻，此时王德明与战士们已经弹尽粮绝，王德明换上刺刀，就要与敌人进行血战，好在援军及时赶到，阵地总算守住了。此战，王德明一人歼敌39人，在抗美援朝战争中写下了精彩的一笔。

战争胜利后，王德明淡泊名利，以"自己不识字，还有头痛病，不能胜任，还是把机会留给真正有才能的人"为由，拒绝了留在部队任职的机会，选择回到老家务农。

越是艰险，越要向前

阅读启示

王德明出生在贫苦农家，虽然在战争中落下残疾与神经性头痛，但保家卫国的决心不改。抗美援朝战争中，他用担架捍卫阵地，救助战友的生命，关键时刻挺身而出，守住了宝贵的阵地。战争胜利后，他选择深藏功与名。王德明无愧于中国军人的荣耀，他身上展现的铁血军魂值得后人敬仰！

拓展延伸

返乡后，经常发作的神经性头痛让王德明丧失了部分劳动能力，但他从未因为家庭生活艰辛而要求组织照顾。夫妻二人甘守清贫，从不给组织添麻烦。

伍先华：用生命爆破

伍先华：用生命爆破

1951年，伍先华响应党和人民的号召，奔赴抗美援朝战争前线，成为中国人民志愿军十二军三十四师一〇〇团二连三班的一名战士。抵达前线不到半年，伍先华就两次荣立三等功。

他第一次荣立三等功是在第五次战役中。以美国为首的"联合国军"仗着火力优势，疯狂地向志愿军阵地倾泻炮弹。面对敌人飞机大炮的连环轰炸和机枪的密集扫射，班长受伤了，阵地也岌岌可危。伍先华顶着敌人

157

越是艰险，越要向前

的炮火，把班长背下阵地后，又迅速返回战场和战友们一起打退敌人三次冲击，守住了阵地。战斗结束后，由于英勇救人和顽强战斗，他荣立三等功。

他第二次荣立三等功是在部队修筑防御工事时。当时的朝鲜已经天寒地冻，土冻得像铁一样坚硬，这为志愿军挖筑战壕造成了极大困难，每人每天最多也就能挖一米深的战壕。这让各级指挥员十分头痛，敌人进攻在即，一旦工事构筑不齐或者不够坚固，在"联合国军"的凶猛火力下，志愿军将面临崩溃的危险。伍先华这时已经当上了班长，在带领战士修工事、挖交通壕的过程中，他发挥党员的带头作用，一直奋战在最前面。经过不断地观察、试验，他发现如果先掏空土地底层，再利用工具猛砸上层，这样至少可以将效率提高两倍。全连使用了他这种方法后，果然将每天的修筑进度提高了两到三倍。同时，伍先华带头修穿的石坑道也非常有特点，这些工事不仅便于战斗，还能有效地防止炮击，这在艰难的阵地防御战中无疑起到了重要作用。果然，在后来的防御作战中，伍先华修筑的工事帮助志愿军成功挫败了敌人的进攻计划，他再次荣立三等功。

1952年秋天，伍先华所在的部队在江原道金城郡官岱里发起战术反击。敌人在此地固守多日，已经建立起坚固的碉堡群和防御坑道，因此这次战斗的关键之处就是要尽快爆破敌人的坑道。考虑到伍先华对坑道修筑颇有经验,团首长决定让伍先华所在的三班担任此次爆破任务。这段坑道可以直接通向敌人的指挥部,是整个战斗的生死攸关之地,同时,也是敌人防守火力最严密的地方。入夜之后,伍先华带领全班出发,悄悄摸到目的地附近,他近距离侦察敌人的地堡位置、大小和火力点,然后捆制了一大批炸药包,随时等待进攻命令。9月29日下午,战斗打响了,伍先华带领全班连续炸掉多个地堡后,又和敌人展开肉搏战。三班虽然拼死防守,打退了敌人的反攻,但也付出了惨重的代价,全班就剩伍先华和另外两名战士了。

敌人封锁坑道的火力依旧凶猛,部队的进攻道路被迫中断了。伍先华咬紧牙关:"你们爆破地堡,我掩护。随后我们交叉掩护,坑道交给我!"说完之后,伍先华跳出坑道吸引火力,随后战友一个猛冲,将炸药包塞进了敌人的地堡。这时,坑道里敌人的重机枪全面开火,伍先华抱起一捆20斤重的炸药包,毅然决然地冲入敌人的火力网,冲到了离坑道只有几米远的地方,即使身受重伤,他仍然一点点地爬向坑道。突然,他一跃而起,猛一下冲进坑道,没有丝毫犹豫,直接在一群敌人中拉响了炸药包。伴随着一声地动山摇的巨响,坑道被炸塌了。伍先华用自己的生命实现爆破,炸死40多个敌人,为部队打开了冲锋道路。

越是艰险，越要向前

阅读启示

"天地英雄气，千秋尚凛然。"正是无数像伍先华这样的先烈舍生忘死，以血肉之躯筑钢铁长城，以滚烫热血染五星红旗，以个人生命撑民族脊梁，才换来今天来之不易的幸福生活。我们要铭记一切为中华民族作出贡献的英雄，崇尚英雄、捍卫英雄、学习英雄、关爱英雄，继承英雄遗志，为国家发展作出更大贡献。

拓展延伸

伍先华，1927年出生在四川省，1949年参加中国人民解放军，1951年参加中国人民志愿军。1952年11月2日，中国人民志愿军政治部为伍先华追记特等功，并追授"一级爆破英雄"称号。同年12月，他被中国人民志愿军政治部授予"模范党员"称号。1953年6月25日，朝鲜民主主义人民共和国最高人民会议常任委员会追授他"朝鲜民主主义人民共和国英雄"称号，并授其"金星奖章""一级国旗勋章"。

郭忠田：创造战争奇迹的英雄

抗美援朝战争时期，由于武器装备和后勤补给的巨大差距，志愿军的伤亡一般会大于美军，但有一支志愿军队伍创造了奇迹。一场战役下来，他们竟然创造了歼灭美军215人，而全排无一人伤亡的壮举。战后，这个排被授予"郭忠田英雄排"，而指挥这场战斗的排长，自然就是被中国人民志愿军总部授予"一级英雄"称号的郭忠田。

1926年，郭忠田出生在吉林省一个贫苦农民家庭。

越是艰险，越要向前

1945年，他选择参加革命，并于次年11月加入中国共产党。后来，他参加了三下江南、解放天津、进军广西等一系列战役。

在抗美援朝战争初期，郭忠田所在的三十八军初到朝鲜时，采取"求稳"战略，丧失了最佳的作战时机，受到了上级领导的批评，因此全军士气一度低落。屡立战功的郭忠田对此很不甘心，希望可以打一场漂亮的翻身仗。

第二次战役中，志愿军采用诱敌深入的战术，将美军引入长津湖地区后，三十八军进行大穿插，14小时急行军72.5公里，抢占三所里，彻底切断了美军退路，并配合志愿军主力围歼美军。不可一世的美军很快就被志愿军的穿插战术打得晕头转向，企图从龙源里逃跑。志愿军将堵住龙源里缺口的重任交给了郭忠田所在的二排，二排战士们早就憋了一肚子气，虽然已经五天五夜没有休息，但完全顾不上疲惫，急行12小时提前到达龙源里，将美军死死地关进了笼子里。

通过观察地形，郭忠田发现葛岘岭主峰位置虽然居高临下，但完全暴露在敌人的视线之中。如果将防御工事布局在葛岘岭，那么美军的飞机大炮将会把这里炸平。于是他让战士们在葛岘岭构筑假的防御工事用来吸引美军火力，而将真正的阻击阵地选在不远处的小山包上，小山包下面有岩石遮挡的空间，可以让战士们隐蔽休息。疲惫的战士们，在郭忠田的动员下，克服体力极限，同时构筑了两套防御工事。

第二天早上，撤退的美军从龙源里逃奔而来，4辆小汽车、3辆大卡车和1辆吉普车已经进入战士们的视野。郭忠田命令神枪手张祥忠："给我先把吉普车里的军官干掉！"张祥忠二话不说，瞄准油箱，扣动扳机，吉普车便燃起了大火，那个军官在慌乱中被一枪击毙。其他战士也随之开火，三下五除二就消灭了第一波敌人。

第二波逃来的是几十辆坦克，身经百战的郭忠田清楚自己的家底，在没有火箭筒、没有炸药包的情况下，仅靠几支枪，他们就想与几十辆坦克硬抗，无疑是以卵击石，阻击穿插的任务也将无法完成。他果断命令战士们："把坦克放过去！"

第三波敌人是美军的运兵车、弹药车等，郭忠田可不会放过这块"嫩肉"，一枪便干掉一个美军军官，随后他命令战士们全线射击。敌人被打得惊慌失措，只想跑路，无心恋战。此时，二排的战士们越战越猛，他们打得敌人四处躲闪，慌乱中敌人的弹药车、运兵车纷纷发生了爆炸，火光四起，黑烟滚滚。

不一会儿，美军开始了空中轰炸，30多架飞机将葛岘岭主峰的阵地炸成了焦土，郭忠田和战士们却毫发未损，悄悄地躲在岩石下休息。飞机走后，郭忠田要求继

越是艰险，越要向前

续在葛岘岭主峰构筑假工事，这次战士们非但不抱怨，反而干得热火朝天。

下午，美军又派出100多架飞机进行轰炸，葛岘岭主峰的阵地瞬间成为一片火海。二排的战士们依然毫发未损地躲在岩石下休息，这让大家更加佩服郭忠田的智慧和判断力！

轰炸过后，200多个敌人冲上山来，试图打掉这个伏击点。团领导通过电台联系郭忠田："希望你们坚决守住阵地，打出一个抗美援朝英雄排！"郭忠田在电台中回答："请团首长放心，人在阵地在！"最终二排不负众望，打退了敌人的数次进攻！

此战过后，郭忠田被中国人民志愿军总部授予"一级英雄"称号，二排获得"郭忠田英雄排"的荣誉称号。

阅读启示

郭忠田出生在一个贫苦农民家庭，幼年时代饱尝艰辛，参军后屡立战功，成为一名战斗英雄。在葛岘岭阻击战中，他通过构建假的防御工事迷惑敌人，令敌人认假成真，用"狡兔三窟"的战术取得战斗的胜利。他的智勇双全、足智多谋值得我们学习。

郭忠田：创造战争奇迹的英雄

拓展延伸

  战斗力量不可能在任何时候都完美地适应战斗需要，而谋略的运用可以在一定程度上弥补武器和力量的不足。在葛岘岭阻击战中，郭忠田运用谋略，将作战力量发挥出应有的作用。

| 越是艰险，越要向前

刘光子：单兵俘敌高手

1951年4月，以美国为首的"联合国军"看准刚进入朝鲜的三个志愿军兵团既缺乏作战经验，又缺乏后勤物资，于是再次越过"三八线"，企图从志愿军侧后方登陆，将战火向北蔓延。为应对猖狂的敌人，志愿军司令部决定发起第五次战役，打击其嚣张气焰，夺回战场主动权。

在临津江沿岸，志愿军第六十三军一八七师五六一

刘光子：单兵俘敌高手

团正在悄悄向前行进，在这里布防的是英军第二十九旅，其精锐力量为格洛斯特营，这个营是英军的王牌部队，具有较强的战斗力。二连战斗组组长刘光子却不信这个邪，他跟身边的战友说："精锐？咱们二连专打精锐，李承晚的伪军我根本看不上，英国鬼子倒可以会一会。看着吧，看我怎么消灭他们！"22日晚，突破临津江的战斗打响，志愿军很快就从数个渡河点实现突破，于24日拂晓将格洛斯特营包围在雪马里地区。但"联合国军"的远程炮火支援十分猛烈，他们的航空兵还源源不断地从头顶空投物资，令双方战斗陷入胶着。

为了突破当前局面，刘光子在295.4高地的山腰处左冲右突，一边冲锋一边观察地形，很快便摸索出了一条适合仰攻的路线，并带领战士们占领了高地。抵达高地后，刘光子发现山梁下的村子里，一支英军队伍正全副武装地向高地行进。他大胆判断，这股敌人还不知道高地已被占领，因此只要在合适的地方隐蔽埋伏，就一定可以全歼敌人。于是，他主动请缨上前活捉敌人，以便获取更有用的情报。在得到排长批准后，刘光子让两名战士在高地顶端掩护，自己向下俯冲，但附近的敌人火力很猛，他只好退了回来。由于先前在山脚下潜伏已久，对此处地形了如指掌，刘光子便悄悄地从高地右侧迂回，不声不响地绕到敌人背后。他等待面前的敌人全

越是艰险，越要向前

部通过后，找准时机端起冲锋枪从敌人背后射击，同时向高地上的战友发出夹击敌人的信号。但山梁下面远不止他刚才看见的那一群敌人，这一伏击，又有很多敌人冒了出来。刘光子虽然陷入了进退两难的境地，但并没有因此乱了阵脚，他端着冲锋枪向敌人猛烈开火。敌人很快反应过来，便分三路包抄刘光子，企图消灭他。就在这时，刘光子突然扔出一颗手雷，瞬间在英军的头顶爆炸。这一炸把英军炸傻了，他们以为遇到了志愿军的大部队，纷纷向山下逃跑。

刘光子一边冲锋，一边喊："站住！缴枪不杀！"由于冲得太猛，他竟不知不觉进入敌人的阵地，从正面截住了敌人。但这股英军对已被"包围"的"事实"坚信不疑，因此面对刘光子的猛烈冲锋，只好举手投降。很快，格洛斯特营主力就被击溃，穷途末路的敌人只能绝地反击。

当志愿军部队发起最后攻击时，刘光子一马当先向下俯冲。几轮扫射过后，筋疲力尽的敌人全部放下武器，举手投降。就这样，刘光子和战友们将不可一世的格洛斯特营全部歼灭。经过统计，在雪马里战斗中，刘光子一人使用冲锋枪，俘虏英军63人，创造了战场奇迹。

刘光子：单兵俘敌高手

阅读启示

六十三军，六十三名俘虏，这是一种巧合，也是一种奇迹。刘光子用炽热的信仰、无畏的战斗精神创造了"孤胆英雄"的壮举。在许多人眼里，战场上出现了许多看似不合常理的奇迹，他们好奇是什么让血肉之躯能创造那样的神话——这就是"气"，是信仰、信念、信心，这就是我们战胜一切强敌、克服一切困难、夺取一切胜利的强大精神力量。

拓展延伸

如今，刘光子使用的那支PPS-43冲锋枪被中国人民革命军事博物馆收藏，它无声地展示着那段"孤胆英雄"的传奇故事。

| 越是艰险，越要向前

孙占元：宁愿碎骨　不当俘虏

中国共产党领导的人民军队，有一个特点：宁死不当俘虏。之所以能够拥有这样的特点，其中一个重要原因是，人民英雄永远会战斗到最后一刻，即使粉身碎骨，也要与敌人战斗到底。正是因为有这样的大无畏精神，人民军队才能战胜不可一世的美军，烈士孙占元就是这种精神的代表。

1925年，孙占元出生在河南省。1946年参军后，他随部队四处征战，历经南渡黄河、转战豫西、两广作战

孙占元：宁愿碎骨　不当俘虏

等战斗，并于1948年加入中国共产党。1951年这名身经百战的老兵被任命为中国人民志愿军一三五团七连二排的排长。

在入朝作战初期，以美国为首的"联合国军"和李承晚伪政权的部队不断狂轰滥炸志愿军的运输线。这导致志愿军的补给异常困难，再加上志愿军主要采取运动战的形式，作战任务和行军任务都非常重，每名战士要携带30公斤以上的粮食和弹药在朝鲜半岛蜿蜒的山路上行军。孙占元本来左脚就有伤，在行军时，还常常为瘦弱的战士背枪、扛米袋。在大雪纷飞的严冬里，一有时间，他就给战士们烧水洗脚、挑脚泡、补袜子、烘衣服，自己的衣服却总是湿漉漉的。在异国战场上，这个和兄长一样的排长，得到了战士们最大程度的喜爱和尊重。

1952年10月14日，"联合国军"在停战谈判期间突然发起进攻，疯狂地向志愿军阵地倾泻弹药，企图以此增加谈判筹码，由此，上甘岭战役爆发。597.9高地和537.7高地被敌人以6个营的兵力占领后，孙占元带领二排作为第一梯队，对597.9高地2号阵地实施反击。晚上，战斗打响，孙占元和以往一样，带头冲在最前面，没一会儿工夫，他就带领大家连续冲过两个山包。当越过洼地向上冲锋时，孙占元一行人面前突然出现4个凶猛的火力点，疯狂喷涌的子弹交织起一张密集的火力网，将他们压制在原地。仔细观察后，孙占元发现，这

171

越是艰险，越要向前

是敌人的4个暗堡，其中不仅有重机枪和迫击炮，还有火焰喷射器，不拿下这4个暗堡，他们就不可能向高地发起冲击。在敌人扫射的间隙，孙占元命令战士们准备弹药摧毁暗堡，同时还紧急布置火力，防止敌人反扑。

战斗中，两名战士发现孙占元的脸色惨白，原来他的下半身已是血淋淋的一片，右腿的骨头早已穿出血肉之外。两名战士见状急忙扶住孙占元，想要给他包扎。可此时的孙占元早已不顾自身安危，他推开二人，大声命令全排进攻。下达命令后，他抱起机枪就要站起来冲锋，这才发现自己的两条腿都已经断了。在常人难以忍受的剧痛中，孙占元用双手支撑起身体，艰难地向前爬，趴在地上进行射击。终于，在孙占元的指挥下，敌人的4个暗堡都被摧毁。战士们沿着石崖冲上2号阵地，突然，从山洼里冒出来几百个敌人，他们迅速聚集从侧后方向我军发起反扑。这时，敌人发现志愿军阵地上有一挺机枪的火力异常凶猛，其消灭的"联合国军"足有80多人，但这个火力点的移动速度非常缓慢。于是敌人纷纷向这个火力点包围过来，而这正是孙占元所在的位置。由于敌人数量众多，孙占元手头的子弹很快便打完了，他开始从敌人的尸体上寻找手雷，用敌人的手雷作武器。敌人越聚越多，他们开始疯狂地向孙占元发起攻击，待涌上阵地后，看到志愿军的火力点竟然是双腿被炸残的孙占元，他们都惊呆了。敌人发现孙占元已经没

孙占元：宁愿碎骨　不当俘虏

有子弹可以射击，便迅速将其包围，并想俘虏这个英勇的志愿军战士。孙占元紧紧握住身下的手雷，等敌人冲到面前，他果断拉响了手雷……

最终，志愿军获得了战斗的胜利。上甘岭战役过后，敌人再也没能向志愿军发起大规模进攻，最后只能狼狈地离开朝鲜战场。

阅读启示

孙占元把最后一颗手雷留给自己，让生命之花在战场上永远绽放，也让"一不怕苦，二不怕死"的战斗精神永放光芒。一个有希望的民族不能没有英雄，一个有前途的国家不能没有先锋。今天，在实现中华民族伟大复兴的征程上，我们依然需要发扬这种一往无前、敢于斗争、勇于奉献的精神。

拓展延伸

如今，孙占元烈士纪念馆内设置了"贫寒童年""踊跃参军""屡建奇功""壮烈牺牲"四个板块，展现孙占元一生的光辉历程。纪念馆存有70余件实物，并制作了孙占元在生命最后一刻与敌人殊死搏斗的壮烈场景。纪念馆歌颂了孙占元为打开冲锋的道路与敌人同归于尽的英雄壮举，同时展现了中国人民志愿军爱国主义、国际主义和革命英雄主义精神。

|越是艰险，越要向前

杜富国："90后"排雷英雄

"听众朋友们，大家好！这里是南陆之声，晚上8点，陪伴每一个身穿迷彩的你……"一个年轻而温暖的声音从南部陆军新媒体的电流中传送出来，这个声音来自一位"90后"排雷英雄。虽然他失去了双眼和双手，但是他用声音传递着忠诚无畏的奉献精神，他就是2022年"八一勋章"获得者——杜富国。

1991年，杜富国出生在贵州省遵义市，这里曾是召开遵义会议的红色圣地，从小听着红军故事长大的他，早就在心中埋下了"军人梦"的种子。2010年，年仅19岁的杜富国应征入伍，成为一名边防士兵。2015年，当他得知部队要组建扫雷大队时，他第一时间递交了申请书。他不是不知道扫雷兵走的是"阴阳道"，过的是"鬼门关"，但他义无反顾地在请战书上写道："正如我5年前参军入伍时一样，那时我思索着怎样的人生才是真正有意义有价值的。唯一衡量的标准，是真正为国家做了些什么……我感到这就是我的使命，一个声音告诉我：我要去扫雷！"

进雷场如同上战场，云南边境地区地形复杂，地下散布着许多地雷和未爆弹。当地村民劳作时，经常会被地雷炸伤，有的甚至被炸断双腿，这使村民本来就贫困的生活雪上加霜。当杜富国得知附近一个村有87名村民，却只有78条腿时，他的心底响起一个声音："我一定要把威胁村民生存的隐患排除掉，还百姓一片安宁！"

自参加边境排雷任务以来，杜富国先后进出雷场1000余次，累计排雷排爆2400余枚，圆满完成19块雷区的扫除任务。眼看成功在即，接下来的一项任务，却改变了杜富国的人生轨迹。

2018年10月11日下午，杜富国所在的扫雷大队前往云南省麻栗坡县老山西侧坝子雷场排雷。这里是西南边境最为复杂的雷区，杜富国在排雷时发现一枚少部分露

越是艰险，越要向前

于地表的手榴弹，经验丰富的他一眼就识别出这是一枚危险性极大的加重手榴弹，稍有不慎就会被炸飞！当战友走上前时，他伸手拦住战友说："你退后，让我来！"说完他便掏出工具一点点清除这枚手榴弹周围的泥土，尽管万分小心，但意外还是发生了。

在爆炸发生的那一瞬间，杜富国下意识地扑向战友，用身体为战友遮挡冲击波。由于他的阻挡，战友只受了点皮外伤，但身着防爆服的他被炸得浑身是血，昏迷不醒。在专家组的全力救治下，三天三夜连续五次大手术，终于把他从死神手中夺了回来！

就在杜富国负伤一个多月后，扫雷大队圆满完成任务，队员们用手拉手徒步检验的方式，把最后一块清扫干净的雷场移交给当地政府，给边境人民送去了安宁。虽然杜富国不能见证这一幕，但他的心愿实现了。当地百姓再也不怕被地雷炸伤了，可以安心地生活在这片土地上了。然而为了实现这个目标，杜富国永远失去了双眼和双手。

专家和部队领导谁也不忍心把实情告诉杜富国，但他还是从身体所发出的"信号"中得到了答案。当得知真实伤情以后，仅仅半个月的时间，他就从悲伤的心态中走了出来："在今后的生活中，我虽然失去了双手，但我还有双腿，可以继续为梦想奔跑。"

从最基本的吃饭、走路开始，杜富国战胜了常人难以想象的困难，经历了三年的治疗训练，终于在2022年顺利康复出院，并获得了军队最高荣誉"八一勋章"。当中共中央总书记、国家主席、中央军委主席习近平为杜富国颁授勋章和获奖证书时，他举起断臂敬了一个"无手军礼"，这是一个不完美但最有力的军礼，它承载着一个军人的庄严承诺，也诉说着一个军人用生命作出的抉择！

阅读启示

"你退后，让我来！"六个字表现出杜富国的铁骨铮铮，哪怕自己坠入深渊，也要以血肉之躯挡住危险。杜富国把忠诚刻入灵魂，为人民扫除雷患，为战友血染雷场。他以实际行动传承红色基因，诠释了新时代革命军人的使命担当，为红色遵义精神注入了新的时代内涵。

拓展延伸

杜富国，2018年，被授予一等功一次；2019年，获得"感动中国2018年度人物"荣誉；同年5月，被中央宣传部授予"时代楷模"称号；同年7月，被中央军委授予"排雷英雄战士"荣誉称号；2022年7月27日，荣获"八一勋章"。

|越是艰险，越要向前

王伟：海空卫士　铁血忠魂

"呼叫81192，请你立即返航！""81192收到，我已无法返航，你们继续前行！"这是"海空卫士"王伟留给世界的最后一句话。在同美军的侦察机碰撞后，王伟被迫跳伞逃生，永远消逝在祖国浩瀚的大海之中。

1968年4月，王伟出生在浙江省湖州市的一个普通家庭，从小就喜欢飞机，听到飞机的声音，即使吃着饭他也要跑到空旷的地方看飞机。当王伟还是一名中学生时，他就树立了参军报国的志向，立志当一名空军飞行员。王伟的父母并不赞成他的空军梦，于是王伟瞒着父母报考了军校，最终如愿考入了中国人民解放军空军航空大学。

王伟在军校期间，认真学习，刻苦训练，除了参加日常科目学习和体能训练外，他还主动学习英语和深奥的物理知识，老师和同学们对他的技术和人品都赞不绝口。功夫不负有心人，王伟最终通过了飞行员选拔，成为一名驾驶战斗机保家卫国的海空卫士。1991年，王伟从军校毕业后，主动要求到海军部队工作，并选择去海南守卫祖国的南大门。

在15年的飞行生涯中，王伟努力学习高科技知识，刻苦钻研飞行技术，安全飞行1152小时6分钟，起飞2000余架次，从未发生过"错、忘、漏"现象和事故，用行动践行着"让理想在飞行岗位上闪光"的誓言。无论驾驶哪种战机，王伟都能做到地面苦练，空中精飞，不断书写着骄人的"第一"：在同期学员中，他第一个单飞翱翔蓝天；在同一批飞行员中，他第一个飞满1000小时，成为能飞4种气象的"全天候"飞行员；在同龄飞行员中，他战斗起飞次数最多，执行重大任务次数最多。

2001年4月1日，美军的一架侦察机未经我国允许，

越是艰险，越要向前

擅自闯入我国领空，这是对我国主权的公然挑衅。具有丰富作战经验的王伟和赵宇临危受命，立即起飞，跟踪监视并驱逐非法入境的美军侦察机。

美军侦察机正飞向海南岛三亚外海区域，王伟和赵宇驾驶战斗机在海南岛一侧与美军侦察机同向同速飞行，并不断提醒对方："你已进入中国领空，立即离开！"飞行一段时间后，美军侦察机突然调头，向王伟的战斗机撞压过来，美军侦察机的左机翼外侧螺旋桨将王伟战斗机的垂直尾翼打成碎片，王伟的战斗机呈右滚下俯状坠落。赵宇眼见王伟的战斗机"机翼像纸片一样散开了"。

王伟镇定地报告："飞机控制失灵。"他的战斗机悲壮地扑向大海，军队及地方有关单位和人民群众展开了大规模的搜救行动，最终确认王伟牺牲。

王伟曾在入党申请书中写道："我希望加入党组织，绝不是为了捞点'政治资本'，也不是为了升官发财。我只想以一名党员的身份严格要求自己，为党和人民的利益贡献自己的一切，甚至生命！"一句誓言，铁血忠魂，王伟用血肉之躯践行了自己的入党誓词，鹰击长空，为国仗剑，捍卫祖国的碧海蓝天！

王伟：海空卫士　铁血忠魂

阅读启示

　　王伟从小就树立了翱翔天际的志向，天空是他的梦想，他用行动诠释了追求卓越与敢于亮剑的精神，用生命谱写了一曲爱国主义和革命英雄主义的壮丽诗篇。

拓展延伸

　　王伟，2001年4月18日，共青团中央、全国青联追授其"中国青年五四奖章"，4月24日中央军委追授其"海空卫士"称号和"一级英模奖章"。2019年，王伟荣获"最美奋斗者"称号。

|越是艰险，越要向前

方红霄：红心向党　壮志凌霄

他是首届"中国武警十大忠诚卫士"，被称为"犯罪分子眼中钉，人民心中一颗星"。以他的真实故事为原型改编的电视剧《刀锋》在中央电视台播出后，让更多人记住了这位在云南边陲筑起铜墙铁壁的缉毒英雄，他就是"中国青年五四奖章"的获得者——方红霄。

1970年，方红霄出生在湖南省一个农民家庭。1990年，方红霄成为一名光荣的武警战士。刚进入中队不久的他，正赶上当地举行的万人禁毒大会。当他目睹1000

方红霄：红心向党　壮志凌霄

多公斤毒品在几十口大锅中熊熊燃烧，36名毒犯被押赴刑场时，他不禁剑眉直竖，星目怒睁。1993年，支队调整执勤兵力，23岁的方红霄主动要求调到昆明火车站执勤中队，负责对违禁物品尤其是毒品的查获工作。从此，他走上了缉毒之路。

云南省有4000多公里边境线，毗邻世界最大的毒品基地"金三角"，而昆明火车站是犯罪分子贩毒的必经之地。1994年4月23日，由昆明开往广州的166次列车开始检票，正在进行检查的方红霄发现两名形迹可疑的人员：他们身穿黑色风衣，走在前面的大个子满脸络腮胡，一副满不在乎的样子，走在后面的小个子一双眼睛不停地东张西望。这两人的打扮和神态引起了方红霄的警觉。

在检查中，方红霄摸到大个子腰部有硬块，凭借多年的缉毒经验，他断定此人有问题。于是他把大个子叫到一边，准备做进一步检查。突然，他听到队友大叫一声："班长，快躲开！"猛然回头的方红霄看见小个子正举着长刀朝他砍来。方红霄在闪身的同时，抬起左臂往上一挡，只听"咔嚓"一声，他的手表外壳被砍成两半，而刀尖划进了他的手腕，顿时鲜血直流。这时，三名战友挤出人群冲了过来，检票员迅速把进站口的门关上。两名犯罪分子见无路可逃，便一边挥舞长刀，一边朝站前广场跑去。方红霄和战友们穷追不舍，把两人逼

183

越是艰险，越要向前

进一条小巷子里。小个子转身就挥刀乱砍，方红霄举起群众给他的扁担，击落小个子手中的长刀，与战友一起将其制伏，交给闻讯赶到的公安干警。

接着方红霄又去追赶大个子。这时大个子已经被警察和多名群众围困在一个建筑工地的二层工棚上，方红霄立即爬上去，准备从后面对其进行包抄。大个子看到方红霄上来，便不要命地从棚顶上跳下去，方红霄也紧跟着飞身跳下去，落地时他的脚不幸被一颗钉子扎穿，钻心的疼痛让他出了一身冷汗。但看到歹徒逃窜的身影，他忍着剧痛把钉子拔了出来，一步一个血印，朝盘龙江追去。

这时，大个子已跃入江中朝对岸游去，方红霄顾不上血如泉涌的脚掌，也纵身跃入江中，冰凉的江水浸入伤口，痛得他两眼发黑。但方红霄凭借从小在洞庭湖边养成的良好水性拼命划着，潜到大个子身后，趁机将其击昏，并在战友协助下将大个子拖上岸，送交当地车站派出所。

这场追捕进行了一个多小时，从两名毒贩身上搜出海洛因1800克。像演警匪片一样跟亡命之徒搏斗，方红霄已经记不清这是第几次了。有人问他怕不怕？方红霄说："我的父亲是名老党员，我当兵的时候他就说，你们三兄弟还有两个在家照顾我，你只管听党的话，好好干，不要怕！"

方红霄：红心向党　壮志凌霄

有的毒贩企图用金钱贿赂方红霄，没想到被他连钱带货一举缴获。这名罪犯在拘捕单上签字时说："要不是今天栽到你手里，我到死都不会相信有人不爱钱！"方红霄说："这些钱我可能一辈子也挣不来，但是哨位上的权力是人民赋予的，就是搬座金山来，也绝不能给犯罪分子开一条缝隙！"他的话语掷地有声，其中充斥着一股浩然正气！在担负昆明火车站执勤任务期间，面对数次生死考验，方红霄就是用这股浩然正气书写着"人民卫士"的忠诚。

阅读启示

方红霄是武警部队在维护国家安全和社会稳定中涌现出来的先进典型，是忠诚卫士的杰出代表。他忠于职守，机智勇敢，带领武警官兵同各种违法犯罪活动进行坚决的斗争，集中体现了"人民卫士"的英雄气概，体现了共产党员无私无畏的浩然气节。

拓展延伸

方红霄，1990年入伍，1998年7月荣获首届"中国武警十大忠诚卫士"荣誉称号，2009年9月光荣入选"100位新中国成立以来感动中国人物"。